LITTLE GIRL

2015·秋
看得见风景的房间

谭欣欣 主编

曾经被无数次问到"'DADINKOWA'是什么意思，它代表着什么？"她是对和谐自然由衷地崇拜和尊重，是对古老历史的追思和向往　她是一个梦，一个神话，更是对未来的期待和渴望，她还永久地珍藏着一段美好的记忆，赋予今天的我们以无比的自信和非凡的勇气。

非洲Dadinkowa　摄影：杨纯　翻译：Brandon Doggett

I have been asked countless times, "What does DADINKOWA mean? What does it stand for?" Dadinkowa is heartfelt worshipful respect for harmony and nature; a reflection upon and a yearning for ancient history...Dadinkowa is a dream, a myth, even more so an expectation and desire for the future, yet and still she is an eternal treasure store of beautiful memories, endowing us today with incomparable self-confidence and extraordinary courage...

腔·调

阳光暖暖照进房间,空气里飘着松节油的味道,尽管窗外依然的清冷,我还是要不时打开窗户让风进来。露天的阳台上,桶里的水结了厚厚的冰,融化的雪水自屋檐滴下,半道就结成了串串晶莹的冰凌……今年冬天的雪下得好大,站在窗前,看满天雪花飞舞翻卷,轻轻落下,那时的心里便漾起久违的亲切感。看到童年的自己,厚厚棉衣包裹像个大花熊……

——谭冬

鱼带来的书刚翻看扉页就放下,以便忍住湿润的眼睛不下雨。痛苦、委屈、孤独、倔强和欢乐许多的过往都换做深深的笑容,让人思念着忘却今夕何年。卢旺达的鱼,我们不曾拥抱,却比亲密还要结实,好像自己生命的另一方。

——徐燕

我记得只有一门课算得上吸引我,并得到了不错的成绩,那就是「概率论与数理统计」。

如果人生真的比连中100个六合彩还要珍贵,那么我们从中应该得到什么样的启示呢?人生似乎就是这样一个小概率事件,是一个几乎不可能发生的奇迹,无论成败,都无与伦比……

——杨纯

展开素白的绢帛,看到密密的蝇头小字,心中都是满满的。虽隔了久远的时空,那一刻的交汇,却比如今即时的「微信」更亲近而深抵人心。

——胡建君

这些年,鱼窝一直在做着同样的事情,也许你来了,她走了,来来回回中你会发现,熟悉不变的其实不是衣服,而是我们共同成长的默契。网络的最大优势就是可以让我们安安静静的呆在窝里,做自己最擅长最喜欢的事情。旗袍依然是香云纱和棉麻,搭配依然是长裙和仔裤,还有板鞋,被指责和被赞美都骄傲接受。

——谭欣

衣 知	73
和青春有关的那些旗袍	
青青子衿，悠悠我心	78
我的宝贝	85
说出来，是幸福，或沉默在这里，等待咒语破解	88
石头只是石头，我爱的是它泥土的本质	92
精神给养	96
等待着你，等待你慢慢靠近我	97
你想要的，岁月都会给你	100
私语	102
岁月和花儿一样美	103
衣物	107
粉彩	110
盘扣	112

图书在版编目（CIP）数据

Little Girl / 谭欣欣著. 一上海：上海文化出版社，2015.9
ISBN 978-7-5535-0428-5

Ⅰ.①L… Ⅱ.①谭… Ⅲ.①散文集－中国－当代 Ⅳ.①I267

中国版本图书馆CIP数据核字(2015)第182764号

责任编辑 金 嵘
责任监印 陈 平 刘 学

出　版	上海世纪出版集团 上海文化出版社
邮政编码	200020
网　址	www.cshwh.com
发　行	上海世纪出版股份有限公司发行中心
印　刷	上海丽佳制版印刷有限公司
开　本	787×1092 1/16
印　张	7.5
版　次	2015年9月第1版 2015年9月第1次印刷
书　号	ISBN 978-7-5535-0428-5 / G.064
定　价	48.00元

书　名	Little Girl · 2015 · 秋 · 看得见风景的房间
出　品	紫墨服装有限公司
出品人	杨 纯
主　编	谭欣欣
执行主编	闫志兆
策　划	青岛奥飞广告有限公司
编　辑	徐家浩
平面设计	杨 萍
摄　影	刘楠 王涛 马克菲林摄影工作室
网　址	http://dadinkowa.taobao.com

设计工作室地址：青岛市崂山区海青路6号 鲁信未央花园 14-3-102

目录。

何处话鱼头	08
鱼和她的朋友们	14
漫游者黄磊访谈	16
水墨·生活	22
素壶斌心	28
夏日瀹茶	34
黑色天堂·Yola	42
设计如是	48
设计如是	48
终将失去的朴素生活	70

初发　　何处话鱼头

何处话鱼头

撰文 | 徐家浩
摄影 | 王涛　沙金　刘楠
设计 | 杨萍

淡定、温润、坦然、温柔……鱼迷们总会用各种各样美好的字眼来形容鱼头从照片上所传递出的这种感觉。作为鱼窝里的一尾小鱼，我也正是被这样的气质吸引而来到这里工作。幸福的是，我不再只是一个顾客，而是能和她近距离地交谈，被她的气度和审美品位所影响，所改变，所成长……此次，整理鱼头与鱼迷的网络对话，只为为大家呈现，鱼衣背后，那个真实、美丽的女子。

卢旺达的鱼

1. 问下鱼头：鱼家的衣服怎样搭配鞋子呢？（红玫瑰小镇）

鱼头：谢谢建红。我喜欢舒服的平底鞋，虽然身材矮小也向往穿高跟鞋的女子们的窈窕身影，说起高跟鞋就不自觉地和一些古诗词里所描写的女性形象联系了起来，但是终究和高跟鞋无缘，穿上之后怎么看都不是自己，所以就放弃了这个追求。好像平时逛鞋店的热情比服装店要高，喜欢各种板鞋，不讲究什么牌子，基本上素色，近两年更爱白色的板鞋，搭配衣服会比较点睛。我穿板鞋基本涉及到搭配所有的衣服，包括旗袍。曾经微博的评论里有一个博友说，鱼的衣服和鞋子太不配了，我不置可否，但也许这是我不太想改变的事实，像一个小孩子一样保护着自己的一个小秘密和坏习惯。这是鱼头个人的一种生活态度。

2. 很想知道，鱼头的父母是什么样的？（td921668811）

鱼头：谢谢飒这个问题，让我觉得很温馨，因为可以有这么小段时间怀念一下我亲爱的父亲。爸爸曾经是一名翱翔蓝天的飞行员，他浪漫、温柔、坚毅，爸爸的浪漫像那些经典电影的男主角，为了心爱的人放弃了战后的航空事业，回家娶妻生子，和妈妈一起投身教育，从农村到城市，像所有老一辈可敬的老人一样，默默在自己的岗位上奉献了一生。我随身的小包夹层里一直放着父亲和母亲的一张手工着色的老照片，英俊帅气的父亲和长辫子及腰的美丽的妈妈。他们的一生任何书籍和语言都不能穷尽。父亲对我整个人生的影响是无可替代的，对父亲的追忆和想念将会是一生。妈妈如今和鱼头一起生活，白发苍苍，可依然保持着可爱的单纯，依然风度翩翩。我无比热爱他们，如果有来生，我还想是他们的女儿。

3. 关注了多年，是鱼头的气质和美丽吸引了我，鱼头个人的魅力盖过了鱼衣的风采，也可以说提升了鱼衣的精彩。我好奇鱼头的童年是怎样度过的。（jhf152）

鱼头：很庆幸自己出生在北方的那个小村庄，炊烟袅袅的傍晚，田野、小溪和一脸鼻涕的小伙伴是我永远的温暖所在。每个人都应该有一个老家，那里会给你保留着一生的回忆。我的童年——其实很多事情都是模糊的了，只是些这样的片段和场景，还有一个很深刻的记忆：放学后一个人在大街上游荡，妈妈在附近的村子里教书，爸爸在很远的中学，一个星期才能回家一次，所以我经常一个人坐在大门口等妈妈下班，小伙伴们都被叫回家吃晚饭了，妈妈总是披星戴月地工作，有时候会批阅作业到半夜，现在八十多岁的她还经常说起这些事情。

4. 我想问问鱼头是依靠什么信念走到现在？（baobaoyzy）

鱼头：耐力和持续状态的表现是评价所有人和他们工作的基准，所有的信念也是以此才能称之为信念，因为它不是仅仅可以用时间来衡量的东西，它一点一滴渗透在生活中。我的信念和所有人一样，追求幸福和快乐，更多的实现自己的人生价值，这也是与自己的承诺。

5.都说通过一个女人的身材就可以看出她的内涵,好身材的背后一定有超过常人的付出和努力。请问鱼头,你是怎样将身材保持的这么好的?(tth_bsx)

鱼头:很多年前看到一句话,意思是说一个人暴饮暴食的态度,连自己的饮食都控制不了怎么可能控制其他的事情。这话对当时的我有一些小触动,后来就慢慢定量吃饭,很快习惯了吃七八分饱的样子,无意中和现在大家都遵循的养生之道一致了啊。这如果算是保持身材的一点,那另外一点就是运动了。瑜伽是这些年一个主要的运动方式。上一期里说到的高山瑜伽是对身体素质和精神素质的一个很大考验,如果有机会我每年都想参加一次。平时里我会和工作室的女孩们一起练习,一般是早上六点多开始,上班前结束,然后大家一起吃早点,集中锻炼的这段时间,小鱼们的身体反应也都非常棒,我们都很享受大家一起进入练习的状态,让我们更多地了解彼此。

6.鱼头,是个美丽、温婉的女子,是个天生灵秀的女子。在这个浮躁的世界,难得这方清澈的沃土,在这里,一群像鱼头一样的女子找到了生长的土壤,找到了呼吸清新空气的家园。张爱玲说:"生活是一袭华美的袍,却长满了虱子。"然而,在尘埃翻飞中,我们也可以努力,在尘埃中开出一朵花来。一缕馥郁,一经长线,满怀惊艳,都是这个女子美好的愿望。我希望有机会与鱼头面对面聊,聊那些不着边际却又悠闲的话语,不在乎答或不答,不留意想或不想,不为世俗唱赞歌,只为苍生说实话。(zhangmila)

鱼头:这段话太美好了,我看得如痴如醉,这个她是谁呢,我愿意把"她"当做是我们这个大鱼群所假想的一个女子,而鱼头只是一个信使。照片总会掩盖很多真实的细节,温柔或暴躁、冷酷或热情、懦弱或勇敢都在片面之间;但肢体、感官也会呈现很多深层的灵性的东西,所以"我"或者是"鱼头",既是我,又是你,无论你对一个人了解多少,他始终有你不了解的一面,而这是要我们尊重的。所以我感觉很庆幸自己的幸运,遇到了这些天涯海角的知己,给予我的是更多的爱和支持。其实如果面对面,鱼头确实有些羞涩,不善言语。但可以为你冲泡一壶香茗,也许就此打开了话匣子。

7.刚刚遇到鱼衣,非常的喜欢,精致的做工,与众不同的设计,处处体现着设计者的细致用心,想问鱼头的专业是学服装设计的吗?所有的面料都是亲自挑选的吗?是否对面料有所研究呢?因为刚刚接触鱼衣,看到有JM说有些鱼衣一洗就变形了,心有顾虑所以才想问问,还望鱼头不要介意才好!(铁皮宝贝)

鱼头：谢谢英霞。我很愿意直接面对这样的问题，刚好也给有同样顾虑的鱼友一个回答。我大学时候的专业并不是服装系，同在美术系的平面设计系。这和做网店一样，"无心插柳柳成荫"。服装专业方面的学习都是在毕业后的实践中积累而成，这也是我对于目前的设计理念的形成有很大关系，更注重服装和人内在的融合，更崇尚简洁和看似随意的严谨，更在意那些通过衣服本身传达的精神上的享受。

所有面料都是鱼头最后定夺，工作本身要求对面料有很多的了解。偶尔会看到有鱼友反映洗涤和变形的问题，所以几年前就开始所有的面料回来后都到正规的国家质检单位做质检，大部分面料会经过到工厂再次的专业缩水和缩热处理，还有色牢度的检测和再次固色。所以现在所有出品的衣服在这些方面的问题越来越少，只是在洗涤说明上，也许需要我们更详细的注释，也希望所有鱼迷会在洗衣的时候注意洗涤方式，尤其一些面料轻薄的真丝，或者羊毛类质地的衣服，是要专业一些的洗涤水准。而所有品牌的成衣和布料的质检标准都会有一个缩率的范围，毕竟原材料、密度、纱支粗细、生产工艺等都是影响产品"缩水率"的主要因素之一。一次次的水洗，一年年的光阴变化中，任何器物都会有些损伤，这恰恰是我珍惜每一款衣服的原因之一，因为它陪着我一起慢慢变老。

8.首先感谢鱼头，创造出这个品牌。关于未来，一是想知道鱼头用什么样的修心滋养方式，能让自己继续这种状态而不枯竭，继续像一朵花一样散发香气，诠释生命的美好。二是鱼粉越来越多，销量增大，是否成本相应减少；三是鱼头是否志在千里，想创建百年品牌。用一句话，和鱼头共勉，达真堪布说，终生福报薄，是因为彼此的恭敬越来越少。喜欢鱼衣，因为能感受到鱼衣对生灵万物的谦卑恭敬，从选料到设计，一针一线，不敢有丝毫怠慢。 (ouyu2046)

鱼头：谢谢张新的祝福，也祝你开心快乐！鱼头不是完美的，也有太多的缺点，大家给予了我太多的赞美，我都觉得有些想要躲起来，怕自己做的不好，怕让大家失望，偶尔的时候有这样子的压力，想要逃跑，想要温暖的怀抱，睡了一觉，跑了一圈，斗志昂扬地回来继续接受挑战。所以修心滋养也是我在学习和探讨的，有好的东西我们互相分享共勉。

衣服的成本是个很大的问题，在队伍壮大和销量增长的时候，成本的控制和给鱼群一个更亲民的价格一直是我们最后的定价体系中所关注的重点，我们会好好的把握，让喜欢鱼衣的人都能够拥有是鱼头所期望的。

像形容一个士兵说不想当将军就不是好士兵一样，创立这个品牌和发展这个品牌，不管从鱼头个人的角度还是整个团队的期望，让它扎稳根基，永远服务于热爱它的人，是我们的祈愿。

9.鱼的设计融入了一种向往自由的元素，只为取悦自己的精神世界，所以才会让我觉得独一无二。可是，网上有很多借鉴、模仿和抄袭的网店，也有的从抄袭慢慢走到自主设计，并有发展壮大之势，面对完全抄袭的店家，我想问鱼是否维权过？还是豁达的任其模仿？（金柚柚）

鱼头：这个问题好像很敏感，不过不妨也说开一下比较好，没有什么可回避的。从设计的角度，肯定需要多方面去寻找设计灵感和根源，需要去学习观摩优秀的作品，需要充实自己，这无可厚非。对于很多鱼友和周围朋友反映的一些其他店家的同类款或类似款这样的问题，我们也多少知道一些，鱼头不可置否，设计者的理念和灵感也许会有碰撞一起的时候，我更愿意这样看这些事情。我很感谢鱼友们对我们的关爱和支持，以及对此行为所表达的不屑，这是一个好设计师所不齿的，也是一个店铺或公司经营者在这个行业中对自己最直接的定位。面对各种挑战，鱼们会在自己的路上勇往直前，这是对此最好的宣言。在此，向所有经典的品牌和在此行业努力奋斗的设计师们，表示最高的敬意。

魚和她的朋友們

little girl

平日里我根本就忘记了一切，认认真真地工作，下班后轻松地享受一天的结束，在临睡前看一场电影或翻几页书。一个人在繁华中逐渐丰盛自己。朋友如家，只有在某些时刻才会记得她们，我希望我也会是在些这样的时刻才会被她们记起，打一个电话倾诉，或小聚，说点和此事并不相关的话语，互相的存在就已经足够。

漫游者黄磊访谈

撰文 | 黄磊　摄影 | 黄磊　设计 | 杨萍

黄磊

1972 年生于青岛
1991 年毕业于青岛艺术学校
1991 年从事小学美术教师工作
1993 年开始摄影创作
1997 年辞职后专业从事摄影创作，至今

操持观念摄影的黄磊，在青岛的"动静"不大，艺术圈和摄影圈熟悉他的人不多，但走出青岛，在中国摄影版图上随便一找，会发现他竟是一个无法忽视的在者。

他冷静而带着一点忧伤的影像表达，假借局部手工着色的处置，在当代艺术领域里生成了一抹极端个性的色彩——2000年，上海东廊的不合作方式展；2005年，广州摄影艺术双年展；2009年，比利时布鲁塞尔美术宫"静观：中国当代摄影"展；2010年，北京草场地01100001画廊"一天"个展等展览，显现了黄磊一路走来的价值度和当代性。

——良友大漠

黄磊

决定拍摄动物园是一个什么样的缘起?

我喜欢动物,小的时候对动物园的印象就很深刻,喜欢去动物园,但不明白动物为什么是在笼子里面。随着自己的成长对那里的感受也在变化,曾经觉得笼子被也放大,有段时间觉得自己也生存在笼子里。在这里我看到很多现象,也有生老病死,也有欢乐悲伤。95年我开始拍摄动物园,在拍摄的过程中我对动物园及里面的动物的认识也在改变。

你最初的动物园还有点纪实的感觉在,似乎比较关注动物,后期的作品越来越偏向景观了,为何会有这样的转变?

在方式和生命之间感知与交流一直是我在观察和思考的一个问题,动物园的题材只是我对这个问题观察的过程。我不认为在摄影里面有纯粹的纪实,而题材的选择就已经有极大的主观意图。人工模拟的自然景观看上去很荒诞,它是扭曲了人们对动物园里动物及其生存状态的认识,人造的自然场景像舞台也像是戏剧的布景,让人们感觉更不真实,更加荒诞。

2008年的作品《南瓜》和《静物》均采用了特别西方古典的构图方式,这和你受过美术训练有关吗?为什么要在当代拍摄这种充满绘画感的摄影作品?

《静物》的画面效果是运用西方古典静物画的形式,也是当时创作的意图,这与受过美术训练有一定关系,但并不是最重要的。这组作品是有意借用或者模仿古典油画的画面形式,但内容和表达意图却不尽相同,画面中有塑料制品的假水果,真的水果大多已经开始脱水、变质,古典绘画中常见的昆虫选用的是标本。当代摄影借用古典绘画形式的作品并不少见,这种创作方式会使得作品的时代、观念与形式产生很大的反差和错觉。

你的这两组作品,照片都放大至极大的画幅,宽度接近100cm,你是否希望作品在画幅大小上也与绘画相似?对这样大小的相纸进行手工油彩着色是否需要特别精细和耐心,能谈谈你的技术吗?

确定作品尺寸是考虑过与绘画作品的一致性,也与静物元素的实际大小有

关，在这个尺寸画面中的细节能够比较好的呈现。黑白照片手工着色技术的难度与尺寸大小密切相关，尺寸越大难度也会更大。这组作品是黑白纸基相纸手工放大，手工油彩着色，所以制作技术方面就需要特别的精细，由于尺寸大所以耐心也是必然的，否则很容易功亏一篑。

<u>据了解，你以油彩对相片着色，在对照片上色加工的艺术家中间是独一无二的做法。这赋予画面浓烈的色彩和厚重的质感。在摄影史早期，彩色摄影尚未诞生，人们只能通过对照片着色来获得彩色成片，这种"假彩照"也往往色彩浓烈突兀。你对作品的着色是否也有回归摄影史原初的用意？</u>

摄影史早期到六七十年代在黑白照片上着色一直是人们获得"彩色照片"的一种方法，彩色胶片普及使得这种"假彩照"也逐渐消失，同时消失的也包括当时的着色技术，以前的着色技术在于模拟现实色彩。我在照片上着色主要是创作需要，以及对色彩的主观感受，并没有回归摄影史原初的用意。

《南瓜》这组作品，你对同一个南瓜的正面背面分别拍摄，记录它完好的一面和朽烂的另一面。作为"静物"，南瓜这一对象在视觉上已经具备了强烈的吸引力，除此之外，你还希望有什么潜在的表达？

《南瓜》的作品与《静物》几乎同时拍摄，是对一个独立生命个体产生着不同变化的正反两面的并置。画面结构、光影位置几乎完全相同，内部与表面，正面与背面却是不同的呈现和变化过程。

<u>纵观当代摄影中拍摄静物的作品，画面大多气质静穆洗练，绘画表现的氛围要更多变一些，你认为静物摄影有可能创造一种热烈的情绪吗？宁静是一种局限，还是静物的本质？</u>

静物摄影与静物绘画都有各自的特点和样式化，也有共同性。所以静物摄影完全可以创造出热烈的情绪，这与表现方式有关。我认为宁静是一种存在状态，并不是一种局限，静物也不是静止，"宁静的生命"可能更加接近静物的本质。

《荷塘》局部

鱼和她的朋友们　　水墨·生活

little girl

水墨·生活

撰文 | 谭冬　摄影 | 谭冬　设计 | 杨萍

也许是当今世界传递着太多的声音,以往文字里淡淡记录生活的习惯渐渐变成了一种内心的历程:观察,自省,领悟……更习惯了一份孤独的状态。至于语言,本来就少,经历过,方懂得朋友之间距离的可贵,君子之交,淡如水。不辜负,不期待。

能做的,就是绘画音乐与阅读,我们用另一种形态,触及自己的心灵,这一定是真实的来自于自我的东西。它很直接,很简单,很纯粹。在这里,你不能忽略情感的撞击与感受,你不能迎合他人之喜好,你先得感动你自己,这是最重要的。其次才是交给感染的事情,你所能感染的对象,也许是一个陌生的人,一个朋友,一位知己。或者没有。绘画就像修行,我见过真正的修为之人,从来都是向内发功。

这个社会,被人喜欢也许不算什么,被爱着是难得的。你知道一个说爱你的人,他究竟是爱你还是喜欢你呢?多数情况下,我们仅仅是他人的抒情对象。这是个悲哀又无争的事实。他爱你的美丽,你的才华,你的温和……他爱着那浪漫感受中的自己,这才是真的。否则有一天,当他知道,这份"感情"没有被对方充分接纳,没有收到相应的回报,马上变得怅然若失,兴致顿减。更多的,这是喜欢,也是交易,当然谈不上真爱。

爱是自由,不是束缚。爱艺术,更多的是爱艺术中的状态,就像你看一幅画,你爱的不是它有多完美,你爱的是那一刹那的触动,即便它有某种不足,你只是在意着你看到的,对你来讲,哦,够了。仅此而已。我想,所谓交友,艺术,他们是禅意而相通的。

鱼和她的朋友们   水墨·生活

little girl   24

谭冬

我交往的人不多，生活也越趋于简单。朋友间并没有更多交集。通常，他们不会因为我拒绝展览而反目，也不会因为退出团体或者协会而结怨，更不会因为没有赴约玩耍而"通杀"我。他们用最宽容专业的姿态保留了他人拥有自己面对世界的自由与方式。也只有精神相通的人可以做到罢。我始终觉得，当艺术也变得"更随和"的时候，艺术也失去了它的意义。我清楚，选择了艺术也就选择了一条不是那么好走的道路。我想，这也是艺术的魅力吧。在这里，感恩朋友。

闲暇，常会画一些小品的东西。我不想称它为什么种类，对于我，也只是换了一个材料，布或宣纸，油料或水墨。无所谓传承或者创新。核心的内容，依然是最初的感动，尝试着用自己的情怀表达它诠释它。或者像韩国徐廷杰先生（京畿陶瓷博物馆馆长美术评论家）写在2011年首尔招请展上的："……谭冬的画，是西洋现代美术的外形与中国美术写意传统的结合"，是惯常美术界评论家的调调儿；于我，或者是中西文化的浸染使然吧，是骨子里深爱着的沿途风景。

师从生活，师从自然，师从心灵，有缘人共勉。

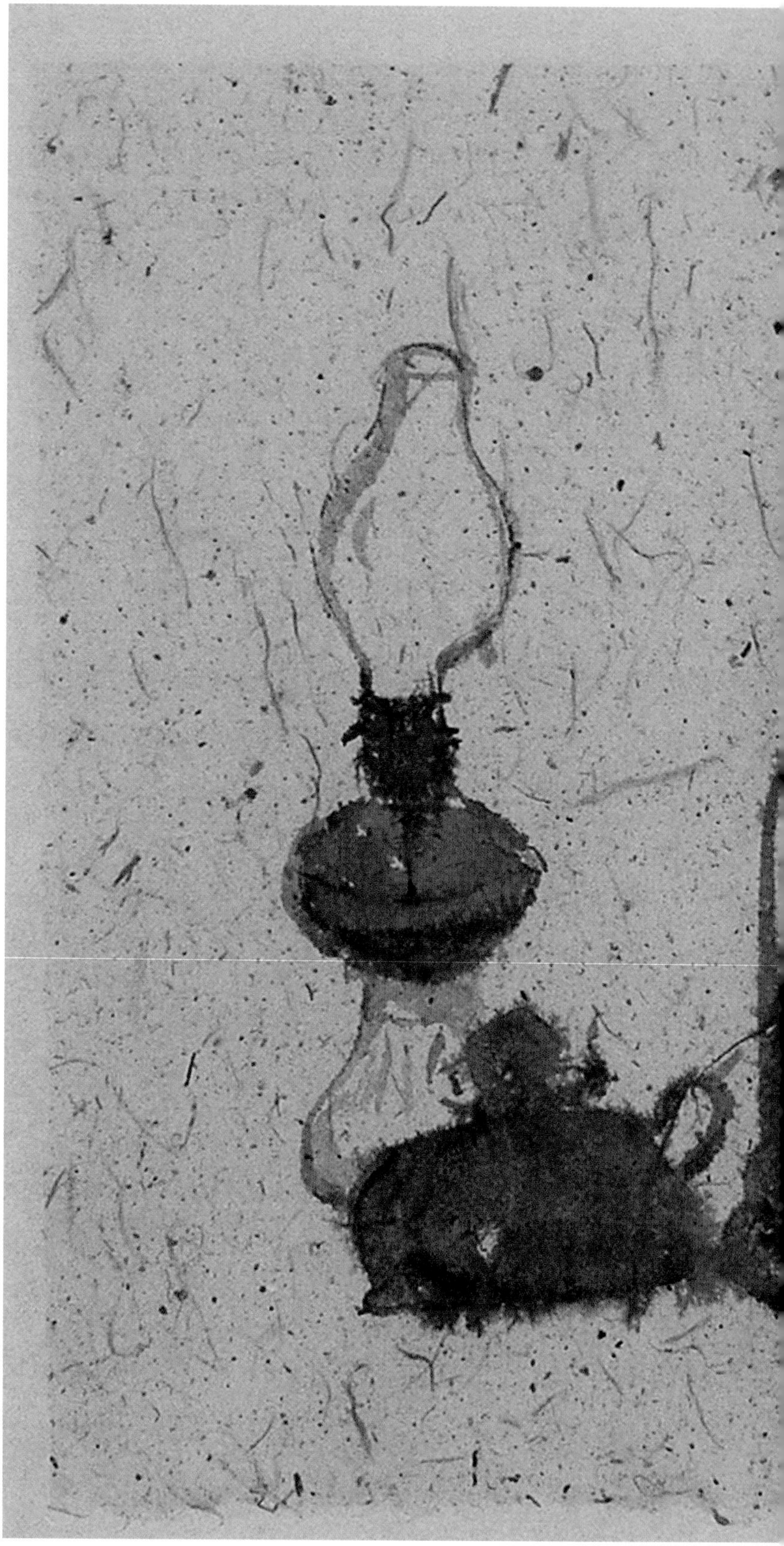

鱼和她的朋友们　　　水墨·生活

说在前面的话

粗粗算来,我做陶艺也有二十个年头了,算是老手艺人。和泥巴打交道久了,成了习惯,提笔写字却不常有,写不如说,说不如做。尽管如此,还是想说点什么,关于我做的器物的二十年,我热爱的泥和火。

素壶斌心

撰文 | 胡斌　摄影 | 胡斌　设计 | 杨萍

自然

自然这个词用英语直接翻译就是natural，我小时候上过的一门课就叫这个。可是中国人所说的自然意义更加丰富，几乎贯穿了整个中国文化。我对于陶瓷器物的理解大概还是和中国文化有些关系，中国的造物审美讲自然，自然而然的自然。

不愿意刻意造型，而是让泥土长成器物。近十年的所做的器物就都没用拉坯机，泥片成型。所谓泥片成型，其实就是把泥弄成薄片然后造型。这是更麻烦的陶瓷成形方式，从拍泥片到造型粘接都是手工，花时间，成品率也低。但是我喜欢，这样做的东西更纯粹，更直接，更加自然。我以为一件器物也表达不出什么大道理，但是多少也能留下点思考的痕迹。

自然不是随意是随性，是真。泥土本无形，故能成各种型，刻意曲折是人。人有真情，以情制器，刻意也是真，我以为这就是做器物的自然。

以泥成器是最容易的事了，几千年前的人就能做，也是最难的事情，人们也做了几千年。这说的也是自然。因为自然是最本真的，所以也是最难的，因为最难，所以过瘾。

壶

我爱做的器物大都和我的生活有关,爱喝茶做茶具,爱花就有花器。

壶是茶具,最难做。壶身就是个罐子,因为要出水有了嘴,要放茶加了盖子,要倒茶水就还多了把。这些东西加在一块儿要合适,各就各位这是难事儿。做壶古今中外皆有好手,想突破是更难的事儿。但是难事儿做久了,还是喜欢做,也不知道图什么。其实就图个难,难才过瘾,做壶二十载,过瘾而已。

自明以来,做壶名家皆出自紫砂一门。唐宋也做壶,都是瓷器,多是拉坯器物,盛酒水用。我做壶多用瓷泥,少用紫砂。瓷土宜上釉,滋润而多变,但瓷塑性没有紫砂好,不适合泥片成型。我有自己喜欢的自然造型,也喜欢上釉。要熊掌和鱼兼得,花工费事这是为了过瘾。

我做的壶有的能用,有的不能用,借个壳却装的不是茶水。不能用的壶这个说法不准确,其实能用,只是用着不合适。做的时候压根就没打算用,照着壶的意思当雕塑做的。这样的器物,有人喜欢,也有人看不明白,我啥也没说,只觉得做的过瘾。

我也做能用的壶,不仅能用,而且好用。好用的壶却也不好做,近几年做的壶都是随形的,不管是用辘轳车拉坯,还是用泥片。壶就像是捏出来,但口盖也要合缝,出水更要顺畅。和拉坯做壶不一样,泥片成型做十把最多能成个两三把,每做一把时间却是拉坯壶的好几倍,这是纯手工。纯手工的壶喜欢的人就多了,我啥也没说,只觉得做的过瘾。

泥

能作成陶瓷的泥其实就是两类,一种是陶土,另一种是瓷泥。这是按照性质不同分的,两类性质的泥烧成的温度不同,呈现的效果也不同。要是细分,每类泥巴里还有不同的品种,各有性格。

我花了二十年的时间了解他们

高岭土：说白了就是景德镇高岭村所出的瓷泥。依据白度和细腻程度可以分出等级，高白泥，中白泥和白泥，越白的泥越不好用，杂质少成形难，易开裂。但是我爱用，因为白，上釉更干净。

紫金土：含铁量高的粘土，浙赣皆产，青瓷多用，宋龙泉窑所出的"金丝铁线""梅子青"等名品皆用此泥。每烧青瓷常用此土，紫金土用梅子青釉，犹如喝绍酒必有茴香豆，这是定数，绕不开。

德化泥：福建德化所产瓷泥，白瓷瓷塑首选，泥色暖白，温润。喜欢，偶尔为之。

宜兴陶：陶土，到处都有，宜兴所出最有名，故说宜兴陶。此土最廉，宜产出好烧成。物本无贵贱，只是人心有高下。我也善用陶土制器，是质朴见真心。

紫砂泥：只有宜兴丁山紫砂原矿产的才能叫紫砂。属陶土，陶泥中的贵族。料难得，极美之泥，能变化也文气。我也极爱，但却少用，自古紫砂制器名家多在丁蜀，得天而独厚。吾师吴光荣先生与妻许艳春先生皆是紫砂名家，我虽也学得皮毛一二，可师学渊博，便不敢多言。

匣钵泥：古时作匣钵所用的粗泥，里面有熟料（已烧成的瓷碎料）。匣钵泥贵在粗，若高岭白泥如柳词"十七八女孩儿，执红牙拍板唱'杨柳外(岸)，晓风残月'。"，匣钵泥则是苏词"关西大汉执铁板唱'大江东去'。"泥过细不好做，怕折，怕断，泥若粗也难成，怕裂，怕糙，我却都爱。古人说物极必反，所以致中和，我同意，但不见两极怎么中和。

写在后面的话

做陶二十年,能说的也就几句话。镜子前,少年时的长发成了离离原上草,还只枯不荣,才知已不惑。时间也能做成器,盛满了创作的苦与愁,剩下的滋味在瓶底,再过二十慢慢尝。

和而不同

孔圣人说君子和而不同,说的是为人之道。我以为制器也可以,把不同的性格的材料和在一件器物里。

梅子青釉用的是紫金土,不上釉的地方我却想要白胎(紫金土是紫胎)。白色和青色放一块儿肃静。其实别种青釉在白泥坯子上也可以,单梅子青不行,梅子青要用紫金土,才浓郁。干净的东西一尘不染,只有白白一片是假的,没有感情,浓郁的东西浑厚,却也容易脏。浓郁的青加上素胎的白,是醇厚的干净。青与白本不同,却能和。

用不同的材料接一起不容易,因为不同,接不好就合不拢,到窑里见了真火就分开。不和就要调整,调泥性,一朝一夕地做,十年五载地调。往好了说是执着,其实就是二。犯二是病,但是没有药,是代价。

我做大壶,器型喜敦厚。泥片成型是取其变化。壶上半截是厚厚的梅子青,下半截是素白高岭土。上浓下清,再重器物也能升起来。重和轻不同,我觉得也和。

有一天我拍泥片垫的是棉布,不平整,有褶子。我觉得好看用泥拓下来作壶身。一半上釉一半素的。见火出窑,上釉的地方纹路不显,含着,不上釉的纹路清楚,畅快。这也是和而不同。

我喜欢烧窑,念书时就和景德镇的老师傅学,后来自己烧,现在和台湾的叶文先生学柴烧。艺术是形而上,烧窑可实实在在就是纯技术,是手艺。是技术要扎实,也能有思想,才能突破。我烧过的花器,能左边是还原,右边是氧化,不同的烧法和在一个瓶子里。这个是绝活儿,做陶的行家能看懂,能咂舌。我为的不是绝,还是和而不同。

胡斌

夏日瀹茶

撰文 | 王迎新　摄影 | 王迎新　设计 | 杨萍

小暑

"清凉月，月到天心光明殊皎洁。今唱清凉歌，心地光明一笑呵。清凉风，凉风解愠暑气已无踪。今唱清凉歌，热恼消除万物和。清凉水，清水一渠涤荡诸污秽。"

蕉叶为席，正当炎炎夏日；怪石旁立，偏偏留出一方平整，可置风炉、砂铫、茗壶、杯盏甚至高挑的古铜花瓶。再一方奇石，正好是天然的香炉，风日丽静，青烟若盘云不散；对面，磐石便是琴台，琴囊未褪，锦缎上的纹理细密文气。这境地，随意成席。 或者，玉兰树下奢侈地一张雕花案几，竹炉团扇，砂铫煎水。茶席罗列，朱砂红的剔红盏托，高肩美人壶，汲泉的、理盏的各自专注。彼茶席，不过山人独饮，至多，再有一位长髯翁对坐抚琴，一曲《离骚》罢，竟无人言语，举盏忘饮。

是陈老莲的画，还是丁观鹏笔下的人间烟火？仿佛自己也穿越回去，折枝布席，对炉煎水。咦？！耳畔有琴音，谁抚了《流水》？！山石前明明尚有空座，吾与谁饮？！

王迎新，出生于云南普洱茶人世家，昆明民族茶文化促进会副秘书长，云南日报集团《大观周刊》滇茶大观主编，《云南普洱茶》《春夏秋冬》编委、华茶青年会导师。现致力于茶道、香道、陶瓷艺术的研习，2006年创办一水间茶研工坊，曾以网名『绿鸽子』闻名网络茶坛，近年来被列为全国顶级十大茶席设计师。2006年出版《正解云南普洱茶》"2013年出版《吃茶一水间》。

苦而弥香老曼峨

老曼峨古树

好茶不用拆开，隔着棉纸就有极美妙的茶香透出来。一般来说，嗅见这有着纯正阳光气息的晒青味道，这款茶大致就差不了，古树茶饱满的香韵、完满的传统制程悄无声息地用这一缕茶香传情达意，没有这丰厚底蕴的茶，是无法有此力道的。"观自在"的2009老曼峨小饼就是如此好茶，250克的小饼在掌中沉甸甸，茶香透纸，诱人垂涎。

揭开棉纸，饼型周正完美，压制适度的茶饼很好开茶，茶针自茶饼边沿插进去，听得见条索分离时疏落清脆的声音，完整的条索便一条条明白呈现，粗壮明亮，弯曲显毫。取五克入盖碗，沸水润茶，茶叶很干净，几乎没有浮沫。再入沸水，合盖一分半钟后出汤，汤色金黄透亮，香气饱满。入口，老曼峨独有的苦味霎时重现，以舌尖及上颚最为明显，这苦不是寡苦，也不是密不透风的黄连苦，而是混合着茶香的清苦，半分钟后，苦味如退潮般渐渐隐去，口中留香，两颊生津，喉间舒畅清凉。

为抑苦扬香，接下来的几水在6-8秒内出汤，既保持有前味的苦醇厚实，又保证了后味的清甜素香。有时，喫茶也有点用法国香水的感觉，前调后调变化丰富，层层叠叠次第展开，苦尽甘来，方解其妙。

地处勐海县布朗山深处的老曼峨，原始森林丰茂，气候宜茶，世居于此的布朗人是我国最早的种植茶树的民族之一，植茶、制茶、吃茶的历史都很悠久。老曼峨茶因内质丰厚，也经常被用在拼配中做点睛之用。今日"观自在"之老曼峨，选料精良，揉捻适度，压制有方，确属用心之作！

2008年和"观自在"的黄良枝红伉俪还有吴涯兄一起访老班章、老曼峨，不顾山路崎岖，在原始森林间寻古茶、嚼新芽、在竹楼上喝老黄片，在老曼峨的村民家吃土鸡、野菜，试茶十来种，体味着茶人的辛苦和观自在做茶的执着。夜色中下山，明月当空，照得漫山遍野的树木清晰若白昼，一路沉浸在老曼峨的浓郁芬芳里。此情此景，仍如昨日。

瀹茶记录：

用　　水：珍茗山泉，储陶瓮中半日，经竹炭和麦饭石处理。
茶　　品：「观自在」2009 老曼峨
瀹茶器：仿汝窑盖碗
投茶量：8 克
冲瀹法：下投

外　　形：一芽一叶，芽头显毫。
汤　　色：金黄透亮。
香　　气：高蜜香和兰香，冷杯底出兰香持久。
滋　　味：苦、醇厚、回甘。
叶　　底：柔韧完整。
茶　　韵：饱满、苦韵独特。

王迎新

炎炎苦夏 清凉曼松

倚邦曼松贡茶

小暑之际,滇中正是干燥的时候,遂取象明茶庄李庄主赠的2006年曼松小砖与友瀹之。曼松茶甫一入口并不像景迈、老班章那样个性鲜明,但有香有味走中庸一路,茶性平衡,最独特的是它汤水里的清凉香韵,三四泡后在舌面上铺陈出一席清凉。窗外满是炎热,盏间水沸汤热,却吃得甜润可心,安适快意。

去年中秋前夜,偶得闲暇独饮曼松茶,惜茶矜贵,用了只小的朱泥壶,投茶5克,不用公道杯,直接出汤在天目盏中饮之。这种瀹法倒也简单,可得独饮清趣,伴茶的是龚一先生的《良宵引》。茶尽,得句寄友:贪看素月移竹影,懒篆沉檀印如意。一曲良宵弄七弦,般般况味意无尽。吃茶,可分享,可独饮。

近几年,饮茶结缘的朋友不少,也经常收到陌生或熟悉的朋友的赠茶,感

恩之际也很感触，一叶草木，可使散落在天涯各处的人因它而相知、相惜、相信，功莫大焉！半块曼松茶是李庄主所藏的爱茶，因为听我说喜欢便相赠，我又与濮兄等分享；后来与大昌号李东兄说起曼松，又携茶与十来位朋友共瀹分享。那次在大昌号执壶冲瀹，茶汤里的清凉感、茶汤层次的丰富更甚于以往，也是一段的茗间佳话。

曼松茶在明清时期因倚邦茶山而闻名，在倚邦本地的茶叶里，以曼松茶味最好。道光年间的《普洱府志》记载：雍正十三年(1735年)始，由倚邦土千总(曹当斋以后为土把总)负责采办普洱茶。倚邦的曼松茶也就是这个时期被定为贡茶，曼松茶园也成了皇家茶园。据说当年每年进贡的曼松茶"年约百担之多"，《版纳文史资料选辑》里记载曼松茶："靠人背马驮运至昆明……史上昆明市设有曼松茶铺号，其价值比一般的高，故贡茶指名全要曼松茶，各山茶民均得出款统一购卖曼松茶叶交纳上贡，造成五山茶民的很大负担。"时至今日，曼松茶还是产量稀少，不再因其是贡茶而珍缺，而是当年那些古茶树在岁月流逝中已所存无几，每每瀹之，便感慨莫名。

瀹茶记录：

茶品：2006年曼松茶
瀹茶器：朱泥小壶
壶承：方见尘先生制老坑歙砚
品杯：石桥款早期天目盏
茶则：自制茶则
用香：沉香阁线香
香器：旧藏龙泉天青香插、青石片
花器：哥窑三足炉、紫砂碟
茶花：青苔、沙漠玛瑙
琴曲：良宵引

小暑茶席

茶　　品：1999 易昌古树生普洱
茶　　针：自制紫竹茶针
茶　　则：花梨木茶则（文华木作）
瀹茶器：紫砂串顶壶、紫砂撒花釉公道
茶　　盏：古建盏
茶　　花：罗汉花、花毛艮
花　　器：1980 年代龙凤贴花紫砂笔筒
香　　器：茶叶末釉双耳炉
用　　香：芽庄线香

黑色天堂·Yola

撰文 | 杨纯　摄影 | 杨纯　设计 | 杨萍

提及Yola，这座城市在漫长的七年之间，曾经给我带来终身难忘的记忆，以及在其它任何地方不常有的刻骨铭心的感受。它是我在海外开始工作的第一站，是漫长非洲创业生涯的起点。

Yola，很长一段时间我和一位朋友共同用它做我们的QQ名，如果现在在网上检索这个单词，你还会找到我和我的这位朋友。可我已经很久没用它了，我的朋友却永远没有机会再用到它了，他的灵魂已经长眠在离这座城市不太远的某个不起眼的地方。

我最后一次到Yola，应该是在2006年，应时任Gombe州长邀请，参加他本人接受Yola联邦科技大学Federal University of Technology Yola (FUTY)授予名誉博士学位的仪式。

仪式结束后我选择了一条避开市区的道路，绕道城市的西北方向离开了它。我似乎预感到我不会很快再回来了，路途颠簸而我也难以平复对这座城市的特殊情感。眼前是挥之不去的一件件往事，以及每一个人，活着的，死去的……

杨纯

Yola是西非尼日利亚联邦腹地Adamawa州的行政中心，初到Adamawa州我的大部分时间并不在Yola，在它的东北方向200公里的小镇Mubi，我和我的搭档老谷在那里开展工作，Mubi隶属于公司在Yola的机构，我们只是偶尔回来办事、采购或者开会汇报工作进展情况，一般不会停留超过二十四小时，就要赶回营地。往返于两座城市之间的那段短暂的时间，在我的记忆里有着很重的分量，比真实经历的时间漫长得多。

有一次，我在Yola办完事后，云峰让我多住一天。他告诉我，第二天有个机会对我来说是难得的，第二天见这个州的州长Boni Haruna。

州长和副总统是同乡，而副总统则是Adamawa州的前任州长。据说，广大的民众对时任州长Haruna极为不满，指责他把州财政当成了副总统的政治金库，只要副总统需要，他会毫不犹豫地掏钱，为此严重影响了当地百姓的民生需要。他上任后多年，在Adamawa州为自己的人民几乎毫无作为。

尽管我们的项目属于尼日利亚联邦政府担保的世界银行融资项目，但在Adamawa州执行该项目，需要得到州政府及其所属部门的配合和支持。同时还要考虑到项目竣工后的受益者正是这些部门和Adamawa州人民，即使仅限于这个项目的角度出发，与州政府及州长本人之间的关系也是极为重要的。

见州长的直接目的是讨论油料的批文，项目油料供应紧张，柴油汽油不得不通过黑市采购。即使这样，仍然朝不保夕，质量也没有保障，很多设备都因此损坏，造成重大经济损失并影响了进度。州长掌握着政府发放的配额，通常用于当地政府及重点项目的急需。可规矩从来没人真正遵守过，却恰恰成为油料黑市更加兴旺的原因。

州政府坐落在城市的东部偏北的一座不高的山上，背靠河岸，居高临下俯瞰Yola城，相对远离城市中心的喧嚣。由于在山上，整个院落层次分明，前低后高，州长办公楼位于最后面的高地上，显得尤为突出。大院的色调以白色为主，并使用穆斯林地区常用的绿色作为修饰。

云峰对这儿已经很熟悉了，进大门的时候和看门的警察热烈地相互致意，并给了他们一些钱。他们对我们的到来表现出了友善和热情。我们顺山势而上，车一直开到州长的办公楼停下。

大厅更像是个安检中心，有全套的安检设备，但我们并没有被要求接受安检，就被直接带进了州长的办公室。这是一间算不上太大的办公室，正面上方高悬着州长本人和尼日利亚总统的照片，中间是尼日利亚的国徽，这是标配，几乎所有的官方场合都大同小异。下面就是州长的办公桌，两侧分别是会客专用的沙发和书柜。地面上铺着厚厚的阿拉伯风格的地毯，两台空调柜机让这间不算太大的办公室显得有些冷，和室外40度左右的高温形成了巨大的反差。

5分钟后，州长出现了，看上去比照片上的州长显得衰弱且疲惫。他没有和我们握手，示意我们坐在客人的沙发上，他自己则坐在我们对面的长沙发上。我注意到了一个细节，落座前他把他的拖鞋踢到了很远的地方，由坐姿很快转变成侧卧状，随后开始和我们的会谈。

我们的谈话内容一开始就无关紧要，州长有意回避与我们此行目的有关的一切话题，我们察觉到目的落空，也并未坚持。到后来，会谈就成了朋友之间的家常和闲聊。州长显然没有把云峰当外人，我也因此沾了光，他仔细听云峰对我的介绍，并表示了对我的欢迎。他很喜欢为我们介绍他办公室的陈设，家具、电器、各类装饰等。他特别提到了海尔空调，是另外一家中国公司送给他的，还有彩色电视、冰箱等等。

会谈大约进行了15分钟，其中的大约10分钟，州长由侧卧的姿势；转变成躺倒在沙发上和我们说话直至会议结束。他的一只手，我记得非常清楚是右手，在交谈的过程中不止一次地握住自己光着的左脚。他的举止令我诧异，但我表现很镇定，想必他不会察觉到什么。他一定是把我们当成他的挚友而不是正式拜访他的客人，至少我是这样想的。

融洽的气氛贯穿整个会谈，直到我们起身告辞。在州长站起来找他的拖鞋的时候，我暗自庆幸他并不喜欢和客人握手，我甚至有点儿感激这位州长了。

他送我们走到了办公室的门外，然后叫住我，对我说："再次欢迎你来到Adamawa，来到我们的国家，以后我们就是朋友了。他向我伸出了他的右手，并让我第一次看到了他的微笑，那是真诚的微笑。

我觉得自己的手里抓住的是一条死鱼，粘粘的，冰凉的。他的手很长，消瘦而无力，和他的人浑然一体。我竭力表现出兴奋和感激之情，依依惜别，不舍地放下了他的手。

鱼和她的朋友们　　　黑色天堂·Yola

Yola 是尼日利亚东部城市，贡戈拉州首府。在贝努埃河左岸，近喀麦隆边界。人口 88,500（2004）。1841 年建为阿达马酋长国首邑。1893 年英国在此建商埠。当地是花生、粟、牲畜、皮毛集散地。公路通迈杜古里、包奇等地。有航空站。设有法学院、艺术与科学学院等。

little girl　　　46

設計如是

little girl

撰文 | 谭欣欣
摄影 | 马克菲林摄影工作室　刘楠
翻译 | Brandon Doggett
设计 | 杨萍

设计如是

设计师的工作，是否真的如你看来这般浪漫和轻松？当然，不否认工作过程中经常会出现的成就感、愉悦感和沉浸在灵感中的浪漫，只是，如果所有一切都可以如构思蓝图一样实现，是否就可以拥有一切？美丽、自由、堕落、放纵、华美且高贵……这些图纸呈现了我想要的百分之十，最后却只做到了其中的百分之一。大多时候，我喜欢看这纸上的百分之十，幻想其他百分之九十的空间。黑泽明说过，"如果你真能把它们在纸上画下来，就说明你已经对各部分的具体安排都考虑清楚了。草图为的是告诉工作人员'大体是这样的感觉'"。我想不管是电影导演还是服装设计师，在图纸出来的那一刻，工作才刚刚开始，它是一个产业，并不单纯是一个导演、一个设计师。

little girl

Is design work really as romantic and carefree as you believe it to be? If everything could come to fruition exactly as in concept drawings, would it have it all: beauty, freedom, excess, lack of restraint, ornateness and grandeur? These drawings only reveal ten percent of what I want, and in the end, the final product only achieving one percent. Most of the time, I only enjoy looking at ten percent of the space on this paper, imagining the other ninety percent. Akira Kurosawa once said, "If you can truly put them down on paper, that proves you have already clearly thought out the concrete arrangement of every aspect. The purpose of a sketch is to tell the staff 'this is the overall feeling'". I believe that regardless of whether it is as a film director or a clothing designer, at the moment drawings are produced, that is when work begins. It is an industry, not merely a director or a designer.

设计如是

little girl

真喜欢看它们这样安静肃穆地立在灯光下的感觉,
静默、神秘。
柔和的光影间似乎有些交流在进行。
舞台不仅仅是属于华服霓裳,
最重要的是你的触觉之弦被轻轻的拨动了一下,
你被打动了,
不知是被它的美丽还是被它的气质,
还是被它朴素到泥土的语言……
它打动你的必然是你向往的。

I truly enjoy the feeling of seeing them like this, quietly, solemnly standing under the light. The silent, mysterious, soft lighting and shadows between them, as if carrying out some form of communication or exchange. The stage belongs not only to colorful costume. Most important is that your tactile senses be gently aroused, that you are moved, not knowing if by its beauty or its elegance, or its plain and down to earth language, yet it inevitably moves you as you yearn to be moved.

little girl

落笔那刻，

并不会想到最后的这幅画面，

也许它完全脱离了你的想象。

历经制版、裁剪、缝制、手工等等复杂的工序后，

设计师的初衷也随之变化了多次，

它出自你，但又不是你，

它是众多因素形成的结果。

设计是如此不可思议，

不可预料，

一件衣服的思想就这样被层层叠叠地织入。

设计如是   设计如是

little girl

At the moment you put pen to paper, it is unlikely that you will think of this final scene. Perhaps it's completely beyond your imagination. After having gone through the complicated processes of pattern making, cutting, sewing, handiwork, etc., a designer's original intentions have subsequently changed multiple times. It comes from you, but at the same time is not you. It is a result that has been shaped by numerous factors. Design is in this way unfathomable, unpredictable. The thoughts contained in one article of clothing are in this way woven, layer upon layer.

设计如是　　　设计如是

设计如是 　　设计如是

little girl

2015DADINKOWA服装动态展定妆照

终将失去的朴素生活
——手工织布系列

撰文 | 谭欣欣　摄影 | 王涛 马克菲林摄影工作室　翻译 | Brandon Doggett　设计 | 杨萍

每次去江南总是收获颇丰，美院任教的老同学老管夫妇会带我去一些很有趣的地方，城里乡间认识一些很有趣的人，发现一些钟情已久的的物件，几经讨价还价之后几乎全部收入。女人天性好打扮，对布也有一种自然的亲近，更不用说是服装设计师，虽然还没有考虑好可以做甚用途，先拿下，日后总会有时间坐下来慢慢斟酌，有些老旧的东西只会越来越少，遇见就不要轻易错过。那些美丽的手工织布就是在这期间偶然所得。

Every time I visit Jiangnan I pull in a bumper crop. Academy of Fine Arts professor, and former classmate, Mr. Guan and his wife take me around to visit a few interesting places. Between the city and the country, I get to meet a few interesting people and find a few knickknacks that I've admired for a long time, on which, even after haggling, I still spend nearly all of my income. Women in general naturally enjoy dressing up, having a type of natural attraction to fabric, much less a clothing designer. Though not yet having given thought to how I'll use it, I first purchase it, knowing that in the days ahead, I will always have time to sit down and slowly deliberate on it. Some vintage items will only be harder and harder to find, so upon finding them one should not carelessly pass them by. Those beautiful hand woven fabrics were incidentally obtained over this period.

一年多的时间，它们一直堆积在设计室的储物间，时不时过去揉捻观察一下，幅宽太窄，每卷颜色图案不一，手感粗糙等等特性没法做服装产品设计，望而兴叹。这样的遗憾也持续了一年多，直到一四年冬，鱼窝的新年动态服装展活动计划确认，《终将失去的朴素生活》手工织布系列做为三个系列之一开始画设计稿。

这些手工布粗粗的手感不一定人人喜爱，尤其作为服装穿着。最近一次参观了一家制作新手工织布的商家，很遗憾的离开，新布料的柔软度和手感都很舒适，但总是少了些味道，老布的粗粗的质感，而且图案、颜色都不如老布乍入眼那般惊喜。

For over a year, they have been piled up in the designers' storage room. From time to time, going over to pick them up, examine them, thinking: "The width is too narrow... The color and patterns on each roll are different... The texture is too coarse..." or various other characteristics that make them seemingly unsuitable to use in clothing product design. So I look and sigh. This sort of regret continued for over a year, up until the winter of 2014. During activity planning for DADINKOWA's New Year's Clothing Exhibition, we decided that "The Simple Life That Will Eventually Be Lost" hand woven fabric series would be one of three series and began drafting up designs.

It's not likely that everyone will appreciate the coarse feel of these handmade fabrics, in particular as clothing. After a recent visit to a shop that creates new hand woven fabrics, I left with a feeling of regret. The softness and texture of new fabrics are so comfortable, yet they always lack flavor. The coarse quality of old fabrics, their patterns and colors are nothing in comparison to that feeling of awe you get when old fabric catches your eye.

设计如是   终将失去的朴素生活

little girl

老土布的温婉是在时间的流沙中慢慢展现,它的朴素我们可以直视,但无法亲临其境曾经的单纯,织就的人、当时的环境都已不在。在设计过程中,无数次地注视着它们,在镜前试穿每一款衣服,如果说每个设计师都有各自钟情的布料和风格,但对于每一款我试穿的土布作品,却博得一致赞叹和喜爱,这让我们不得不感于它们的魅力所在,它与其他所有布料的属性相差甚远,但它们融合在一起的设计却又如此和谐,走秀模特试衣定妆的那天,我们都被征服,她像骄傲又迷人古国公主,散发着野性、质朴、高贵的气质;又在转身回眸的瞬间羞涩的微笑,正是我们渴望的失去已久的返璞归真,或许,它们只是我们埋藏已久的一个愿望?

做完这一系列的设计后,我逐渐意识到,这书卷般堆积的手工织布终将成为历史的碎片,被时代遗忘,而这些手工织造的衣裳,会散落到她们的衣柜里,陪伴着这些温婉的女子,走入记忆。

The gentle nature of old hand woven cloth slowly unfolds during passage of the sands of time. We can look directly at its simplicity, yet are unable to personally visit its former purity, or its weaver for that matter, for that time no longer exists. During the design process, I've looked at them countless times. I've tried on every piece of clothing in the mirror. Likely every designer has a style and fabric that they each love deeply. However as regards every piece, made from hand woven cloth, that I tried on won my unanimous praise and love. This results in us having no choice but to be puzzled by their charm. Hand woven fabrics' attributes are vastly different than all other fabrics, yet their ability to fuse together in design is so harmonious. On the day that the runway models had their fitting and chose their makeup, we were all overwhelmed. She was like a proud and charming ancient princess, emitting a wild, rustic and noble elegance; yet at the moment she turned around, looking back with a bashful smile, it was precisely the return to one's original simplicity that we long for, a simplicity that has been lost for such a long time. Or perhaps, they were merely desires that have been hidden for a long time?

After having completed this design series, I gradually realized that, these rolls of piled up hand woven fabric would ultimately become tattered history, forgotten by time. However, these handmade articles of clothing will be dispersed to various wardrobes, accompanying these gentle natured women, walking into their memories.

衣知

和青春有关的那些旗袍

撰文｜谭欣欣
摄影｜王涛 马克菲林摄影工作室
刘楠 张泉
设计｜杨萍

着笔前思量了一下自己设计的第一款旗袍,那时年纪还轻,时隔十年,已经不记得那时的某些心理活动,但依然清楚的记得第一款、第二款棉布旗袍的样子,还有第一、第二款香云纱旗袍,款式、拍照的场景、当时的面容,再细看十年后鱼窝出品的旗袍,如初见。第一次坐下来认真的回想过去和现在,旗袍的变化,鱼的变化,鱼窝的变化。如果说在这以前我总是在恐慌中度过,此时此刻,倒开始有些坦然。我们应接不暇各种社会活动和工作的时候,总是会说"坚守初衷",这四个字只是一个表达,"坚守初衷"是一个承诺,只能对自己说一次。

衣知　　和青春有关的那些旗袍

第一款旗袍是靛蓝色竖条的粗棉布，短袖，V领，手工盘口侧面全部可以打开，十年前的刘海和现在一样，后面的头发有些长，在大学路一个老楼门前，院子里有些杂草，摄影师是好友张泉。这件旗袍的感觉有点像现在的土布旗袍，有些粗放，腰身不是那么束缚，松松的看上去身体很自由，脸上少了些岁月的痕迹，带着每个青春都有的忧郁、稚嫩的深沉。

大学路、黄县路一带是拍新品照片最固定的场景，这片区域是殖民时期的建筑风格，两三层的德式别墅，石头墙体，门廊前有石头柱子，瘦长的木窗，深红色的木地板，长拼，窄窄的木质楼梯，走在上面有空洞回响。石头墙体上面的外墙颜色有些脱落，露出灰色砂石。大多老房子都年久失修，一栋楼里面居住了很多人家，院子里的晾衣绳上总是晾晒着衣服和床单，窗前会种植竹子或绣球花，院墙的风景在春夏是最美的，粉色、白色、红色的蔷薇开遍低矮的墙体，背后旧旧的带阁楼的楼体做衬托，很有一番青岛独有的美。一年四季，我们总是会挑选一些这样的美景良辰过来拍照，旗袍在这里是最搭调的。很多人的意识中总认为旗袍就是坐在中式家具布置的空间中，喝茶听曲儿才最应景，这是我最不喜欢的搭配。

衣知　　和青春有关的那些旗袍

第二款旗袍也是在大学路，那个老房子的石头台阶上，布料是棉布底，上面有机绣的图案，还有少许亮片，旗袍颜色是咖色。这款旗袍相对于第一款的感觉要精细些，更像十年后。那时候的手工肯定不如现在的精致，尤其盘扣的手工，从制作滚条开始，要圆且有力度；缝制的针距要一样宽窄，明线和里贴的底线都要求工整，十字花或平行线；后翘要捏出立体感定型。提出这样要求也是学习的过程所致，在收藏的一些老旗袍中发现前辈的针线活儿完全胜过现在的韩日手工，精良的手工艺术需要有人传承，我们这一代不知道可以做到什么程度，有时候甚至觉得有些绝望，在浮躁的今日，还有人可以坐下来一针一线的完成一件衣服吗？我钦佩鱼窝的每一位制作老师，把我们的图纸可以变成一件衣服，而且赏心悦目。

此后，鱼窝工作室由黄县支路搬到鱼山路，又由鱼山路搬到东海西路，那是2008年，鱼头第一次接触香云纱，一见钟情，立即做了《开往春天的地铁》、《放牛班的春天》，两款都是小襟用了不同的花色作搭配，下装着仔裤，或长长的裙装，这个装扮一直延续至今，没有太多变化，估计到老依然可以如此搭配，牛仔本就无关乎年龄，而香云纱，对于某些人是一种情结，恋旧。有一年的以旧换新的活动中，意外地收获一件那个时期的提花款香云纱旗袍，绿色中隐藏着点点玫红色，小襟搭配了另外花色，小半袖，真丝乔其里布，长度及膝，可搭配仔裤或单穿，配球鞋。

香云纱对于生活中的大部分人还是很陌生，作为传统手工植物染的丝绸，在八九十年代因穿着习惯，香云纱织造业几乎停顿，直到本世纪在国内逐渐流行的复古风潮中被设计师发现重新搬上历史舞台，但料质属性和制作工艺都已经发生改变。从设计角度出发看其中的真真假假都已不重要，如果没有能力去改写历史，先作好一个设计师的本分即好。我最喜欢早期那些用提花底布做的香云纱，在色彩斑斓的印花图案中，提花部分的凸起面和光泽感让平淡的织物在视觉上生动又有变化，很多印化是传统图案或写意花卉，在经过薯莨汁的浸染后因透色问题，鲜亮的颜色暗淡下来，呈现出和上泥前完全不同的效果，这种感觉正是我爱它的主要原因，设计的二次创作，可遇不可求。

这两款提花底布的香云纱旗袍的布料我现在再也没有见到，香云纱市场跟所有的社会风向一样，早已经偏离原来的轨道，如今，数码印花已经充斥所有市场，香云纱经销商选择数码印花的图案实在不敢恭维，几乎要复制整个现实印刷到布上。此苦恼直接影响设计师的热情，宁为玉碎的气节不只属于志士，设计师更应忠实于自己。

这些年，鱼窝一直在做着同样的事情，也许你来了，她走了，来来回回中你会发现，熟悉不变的其实不是衣服，而是我们共同成长的默契。网络的最大优势就是可以让我们安安静静地呆在窝里，做自己最擅长最喜欢的事情。旗袍依然是香云纱和棉麻，搭配依然是长裙和仔裤，还有板鞋，被指责和被赞美都骄傲接受。

衣知　　　青青子衿，悠悠我心

对于不太会说话的人，衣服是一种语言，是穿在身上的思想。旗袍对于女人，尤其如此。审美与品位，性情与喜好，都住在衣服里，显现在举手投足之间。或是华丽的张扬，或是低调的奢华，旗袍拥有古往今来的宽阔时空。那无处不在的诱惑与矜持，在于高开衩的裙摆，在于衬裙的一抹蕾丝花边，在于斜襟上的那方麻纱手绢。

1　大喜 正泰橡胶制物厂
　　作者：谢之光

2　1936年
　　英商启东烟草股份有限公司
　　作者：伯翔

little girl　　84

青青子衿，悠悠我心
——微说旗袍

撰文｜胡建君　供图｜胡建君　设计｜杨萍

旗袍的发端向有争议，有人认为可追溯到春秋战国时期的深衣，交领直裾，衣身宽博，那是衣服本来该有的自由舒展的样子。而抬手时袖子肥阔，至袖口处又紧缩，古人所谓"张袂成荫"，这个细节如此霸气，如同一个飞扬开阔的电影画面。之后汉代的广袖深衣，唐代的圆领袍袍，明代的直身长袍，都是褒衣博带的士人儒生样貌，将古代的日子定格得如此悠闲绵长。在日后的旗袍款式中，也依附了这样优雅的灵魂。

也有人说，旗袍乃"旗人之袍"，起源于16世纪中期满族妇女的连衣裙式宽松长服。后来受汉人服饰影响，充满了镶滚绣嵌贴盘钉等华丽的装饰细部，看得到飞针走线的痕迹，如同大清后宫一般，那些歌舞升平和刀光剑影，都掩映在层层叠叠、密密匝匝的服饰细节之中了。清末民初，旗袍走出褂袄加裙子的两截装样式，开始有了现代旗袍最初的样子。

20年代的旗袍仍呈现修长而平直的形态，收腰并不明显，下摆略放，倒大袖的处理让女子有一种低眉顺目的古典情态。真正的旗袍时代是30年代的上海。在风云舒卷的花样年华中，旗袍渐渐吸收了西式的胸省、腰省、装袖和肩缝等，采用曲线剪裁，由宽松直身向收腰合体转变，女性的曼妙身姿尽显于动静之间。记得《京华烟云》里的木兰穿上了旗袍，原先被宽衣大袍遮掩的身材曲线毕露，令丈夫大为惊艳。风姿绰约的上海女子，脚踩细细的高跟鞋，让长长的旗袍摩挲着脚背,而小腿处开衩,时隐时现紧裹丝袜的白皙小腿。丝袜,在遮与露之间取得了很好的平衡,欲迎还拒,那是周璇歌声中的"夜上海"。

40年代上海沦陷,经济萧条,旗袍开始缩短到双膝,那些复杂的嵌切滚等传统工艺大多取消,一切从简,质朴纯粹如邻家女孩。50年代新中国成立后,旗袍作为旧上海的时尚符号,一度不被接受。当时上海召开第一次文代会,与会者男穿中山装,女着列宁服。唯有张爱玲,一袭深灰色旗袍,外罩白色网格绒线衫,旁若无人神情寂寞地坐在后排,却如此介然不群,遗世而独立。

是的,穿旗袍的女子,可以披金戴银琳琅满目,也可以如这般素净简淡,如同江南的况味。《倾城之恋》中,写到宝络去见柳原,珍珠耳坠、翠玉镯子、绿宝戒指地戴满一身,却敌不过流苏简简单单的一袭月白蝉翼纱旗袍。那是素以为绚的道理,剑走偏锋的张爱玲自己亦是喜欢的。

有时装点的细节甚至在于一枚小小的盘扣。盘扣是用称为"袢条"的布料细条折叠缝纫编制而成的。布料细薄则内衬棉纱线,若做装饰花扣还内衬金属丝以便定形。从普通直形扣到栩栩如生的蝴蝶扣、蜻蜓扣、菊花扣、梅花扣以及象征吉祥如意的寿形扣等,百转千回,承载着密密的小心思。偶尔也用珠玉或者金属扣等。现代意义上的金属扣约在900年前由西方传入中国,曾经是贵族的专属。几枚浑圆的扣子点缀在领口与偏襟之处,有活泼的画龙点睛之妙。海丽曾送我"福隆款"双喜老铜扣,不明不暗的质地,充满了故事和隐喻,便打算用在冬天的旗袍上。

1　中国南洋兄弟烟草有限公司
　　作者:之光

2　日丽风和　黑河省和顺公茶庄
　　作者:稚英

3　1933年 玉洁冰清
　　永泰和烟草股份有限公司
　　作者:耕野

与扣袢一样，配合旗袍的头式也是多种多样。自清朝末年到民国中期，曾经流行过的女子发髻有朝天髻、连环髻、元宝髻、香瓜髻、空心髻、盘辫髻、一字髻、堕马髻、东洋髻、蝴蝶髻等，读来便如此旖旎形象，宛然目前。姑苏姑娘最擅长梳理发髻，分有盘龙、香蕉、蝴蝶、苹果、玉桃诸名称，真真是蜻蜓飞上玉搔头。然而干干净净的短发也很好，配合与旗袍同色系或撞色的围巾，像是行走在校园的记忆。

旗袍的面料亦令人目不暇接，有棉丝、苎麻、毛织、纺绸、织缎、织锦、夏布等等，有时锦缎外面还笼上素绢，如烟云泛起，真有一番烟笼寒水月笼沙的况味。我最爱的还是棉麻的质感与素朴，像岁月本来的模样。朋友谭欣给我做的旗袍，拥有了一年四季。我偏爱一件简单的手工棉布旗袍，非常蕴藉沉着的蓝色，她说是用板蓝根染色的。板蓝根是蓝草的根，真是隐居药房里的染色匠。诗经有"终朝采蓝，不盈一襜"，先秦时候的那个女子，上山采蓝，采了一整天还不够装满围兜。她惦念外出狩猎的夫君，已过了约期还未归来，因而落寞伤怀。如此终朝采蓝染成的"青青子衿"，也正合"悠悠我心"了。

本文图片来自白云《中国老旗袍》（光明日报出版社）、赵琛《中国近代广告文化》（台湾大计文化）。

撰文｜谭欣欣
摄影｜马克菲林摄影工作室
设计｜杨萍

我的寶貝

说出来，是幸福，或沉默在这里，
等待咒语破解。

非洲绳编项链

旅途中的宝贝是不期而遇的惊喜。很感谢杰森带我们走进这家店，遥远非洲的最南端，街上人很少，店里没有其它客人，设计师在楼上工作，接待我们的是一位彬彬有礼的男士。我走到玻璃柜里一条彩色项链前站住，这个习惯估计我老妈最熟悉，小时候每次要出门前，妈妈总是告诫最后一遍，不许乱要东西，而我的坏毛病就是看到自己喜欢的东西就站住不走，眼睛直直盯着那宝贝，为此我经常被妈妈拖走，这样一个被宠坏的女儿长大后还这样，如果老妈现在还会和我一起逛街，肯定会更加无奈，不过我在逐渐修正自己的这些坏习惯，但这条项链实在漂亮，粉绿和原色麻绳精心编制，长短错落，还有两根金属细链在其中，中间点缀彩陶的珠子，色彩浓郁充满异域感，我觉得它很久以前就应该是我的，于是毫不犹豫告诉男士说，请把它拿给我，从大学毕业后我就经常暗自庆幸，自己终于长大，可以为自己做主。店中的商品不是很多，我很仔细的看了每一个在玻璃柜里的宝贝，最后确定，属于我的已经是我的，女人可以如此感性和直接的表达一切，所有事物存在的轨迹都在既定轨道中。

某一天，我穿上在周映那里买的舒适美丽的黑色连衣裙去上班，裙子刚好是低胸大圆领，我翻出这条项链戴上，链子长长的覆盖在前胸空白处，搭配前后都低领的黑色长裙非常出彩，于是这一天都很开心，因为知道自己很美，让自己美丽是如此重要，妈妈最终会理解我的。

我的宝贝　　说出来，是幸福，或沉默在这里，等待咒语破解

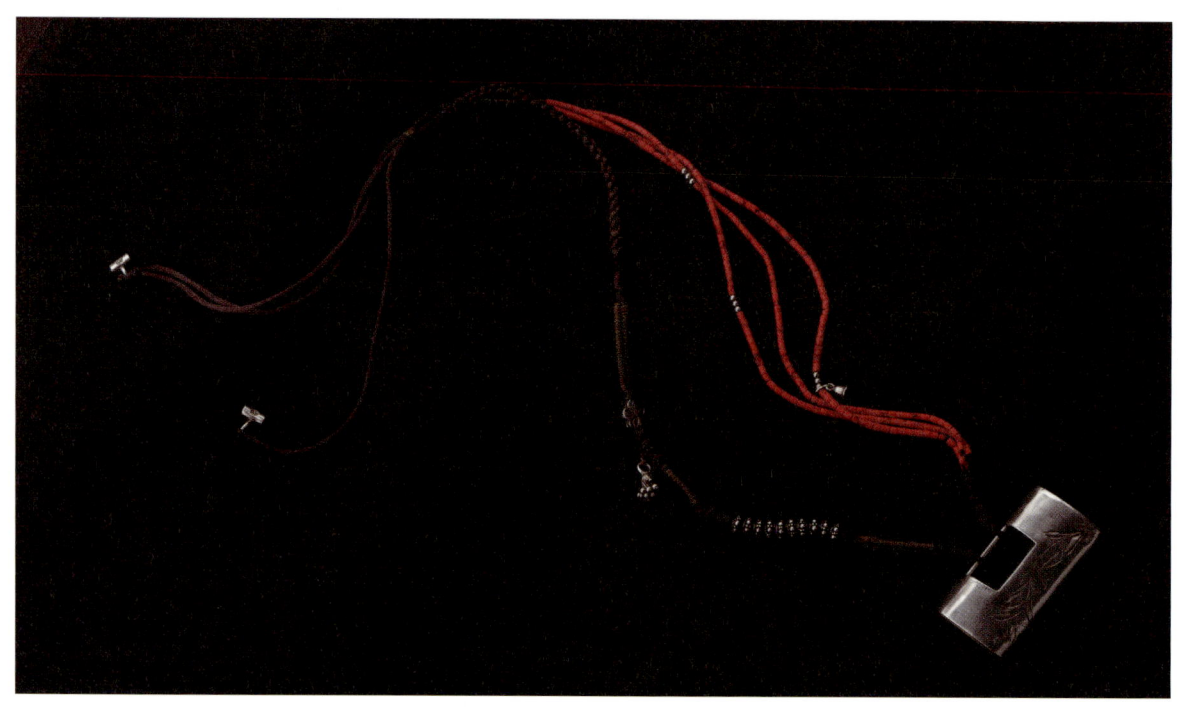

我的第一款小锁

在杭州临近西湖的仁和路闲逛，无意间走进这家小店，其实是一家已经经营十多年的老店，收藏各种古旧金银制品和各种材质的珠子，藏货之多不可估量，了解这些背景已经是我在此花费不菲购买珠子后。这是我第一条银锁项链，如上所述，也是我一见钟情之物。它的外形非常文气、清秀，正面有两字：天赦；另一面是一枝兰花。我直接找老板询价，老板在我试图还价的时候告诉我，不议价，可以不买，对于喜欢的东西，错过是不可以原谅的，它会一直折磨你，还是痛快点掏钱包好，付完款拜托老板夫人给编配了一条链子搭配，算下来价格竟高于锁本身两倍，现在这把小锁是我不二的最爱。

回酒店后，在网上查看关于锁上字面的释义，天赦：神煞之一。古代汉族命理学家指为吉星，认为命中若逢天赦，一生处世无忧。天赦日，四季分别是，春戊寅，夏甲午，秋戊申，冬甲子，四时专气，生育万物，宥罪赦过，乃天帝赦免众生罪过的吉日，最利于消灾化煞，祈福祈寿。天赦是颗逢凶化吉之星，能解人灾祸. 尤其对犯法之人，有宽大处理之可能。

关于银锁的一段插曲很有意思，某天无聊，我用一根掉下来的头发捻起来伸到锁眼里，转了几圈又拿出来，但是随之出来的竟然有一团白白的东西，我最害怕的就是软体动物，根本就没看清楚怎么回事，一声惨叫把锁扔进草丛，朋友急忙跑过去找回来，我双手直摆，不要不要给你拿回家。没过几天，朋友给我送过来，说把锁打开了，都仔细擦拭消毒过，还说给念叨了几句，让我放心，我心有余悸的接过来，直接放进匣子不再佩戴，直到隔年。

小糖块

六道门是一位未曾谋面的朋友，好像是因共同的朋友大米互加了微信，估计我们都经常看对方的朋友圈，但没有搭话，她的朋友圈隔三差五会发一些饰品设计，工料都很讲究，照片拍的又美，我中间询问过一款心动的宝贝，但已经销售。偶尔她也咨询我在售的衣服事宜，感叹自己的身材有点不能把握，但最近看到她发来的一张个人照片，白白净净，头发后梳成辫，额头光洁，着中式休闲装束，因是坐姿所以看上去并不是她说的那般夸张，小丰腴而已，女人要骨骼太明显就会少了些韵味，所以恰好。

上次去上海出差时我们微信约过，但因时间太仓促没有如约。那天工作结束后，我和小娜在公园外找了一家感觉不错的西餐厅，点了两杯红酒，约八点多的时候发短信给六道门自己的位置，心里嘀咕肯定时间不太合适出门，还不知人家住多远，如此还不如下次痛痛快快地提前预约，下次去上海一定去她的新工作室看看，看她发过的照片感觉很惬意舒适的一个空间。

这条项链便是出自六道门那里，当时她发布了几张照片，配文：买糖块儿啦，上好的糖块儿哟，又白又细又糯。就这块白白糯糯的小糖块，直接勾起了我的馋虫，当即拍板。待她给我配好链子邮寄过来后，我当即宣布，这是我最喜欢的一块糖，立即挂在胸前，至今每天都贴身佩戴。这个小坠子的形状是三角柱，高2.3cm，厚1.1cm，克重8.78克，是和田籽玉所做，照片上没看清楚的细节现在看来让人赞叹不已，刻工精致，寿字回纹图案设计精简，本来更希望它是一块干干净净的没有任何雕琢的石头就好，甚至提醒六道门打孔会不会影响整体效果，但她很快发过来一张照片，孔已经打好了，是在顶部打的牛鼻孔，真是太体贴了，这样最好。包裹里还有一个证书，写着这块糖的作者：瞿利军。

我的宝贝　　　　　石头只是石头，我爱的是它泥土的本质

撰文 | 谭欣欣
摄影 | 马克菲林摄影工作室　谭欣欣
设计 | 杨萍

石头只是石头
我爱的
是它泥土的本质

吴哥拾遗

吴哥的废墟边上捡了两块小石头，心虚虚的，默念了几句安慰自己和这里的神灵。其中一块带有图案，像是雕塑边缘的装饰花纹。握在手里的时候，像是握着一个浓缩的千年史。回家后我把这块带图案的石头放在工作室的窗户上，突然发现它立起来后的侧面竟然那么像高棉的微笑。

这几年它都陪伴着我，有时候一个人在窗前喝茶，看着他的侧面，觉得它好像在凝望着远方，那么凝重，有些孤独。我是不是有些残忍，带他离开了故乡，也许有些渊源我解释不清。昨天晚饭后看了一部电影《黄金罗盘》，剧情倒是没太记住很多，只是盯着每个人的动物保护神在看，而且孩子的保护神可以变形，而大人的都已经固定成型，我问山羊，如果你也有一个动物保护神，你会希望它是什么，山羊指了指在沙发扶手上睡觉的尼莫说，就是尼莫的样子。我说我希望是一只巨型的小般般，像豹子大小，随后我心里嘀咕，豹子样的般般还是那么温柔咋办，是否要训练它成为野兽，或者它已经是野兽，关键时刻总会露出凶恶的样子吓走敌人。

石头只是石头，我爱的是它泥土的本质

温柔的非洲之石

老万说非洲的石头品种我们这里有很多，好像小时候的河里我看过类似的，肉色偏多，不规则形状，离开家乡后多在海边生活，基本都是圆滑的鹅卵石，有好看的水墨图案。南非的这些小石头有点像小时候的印象，多肉粉色和红褐色系，口感很好的样子，也有漂亮的花纹，是大色块的颜色融合，而不像崂山鹅卵石那样具有中国画气质。

去好望角的路上我们在Goukamma沙滩停下来，两大洋交集的海岸线看起来异常壮丽，冲下沙滩后才发现土坡下有一大片鹅卵石，在阳光下粉粉的，我知道一旦有水浸泡它们将会无比美丽，我都能想象，所以我开始忙的搬运石头，往不远处的海水里，惊呆在它们的变化中，直到山羊在岸上不停地催促，才匆匆踹了几块离开，老山羊早已经见怪不怪，他认为智商不够的人就是如此行为。

回来的路上，远处一只瞪羚羊从草丛里探出头，警觉的观察四周，有它们在周围的感觉真好，偶尔我会恐惧自己已经被污染的很多心理活动，就像金钱一样腐蚀你又不被觉察。

在野生动物保护区的Buffelsdrift Game Lodge，刚放下行李，我就蹲到帐篷外面捡了一碗石头，用来装饰这个临时的房间，这些石头的所在地应该是曾经的河床，看到石头的喜爱都忘了这是在哪里，是不是还有多少美景等你欣赏，一心低头弯腰端详。

把我留在我喜爱的石头沙滩上吧。没有女友半夜打电话哭诉、没有三五好友相聚如喳喳不休的麻雀，只有礼貌的微笑和问候。寂寞本是常态。如果有一天我可以尽情地享受看书写文画画，我一定找一个这样安静美丽的角落落地，也许那时已满头华发，又如何呢，我们生来所追求的也许就是为了某一天的某个瞬间。

Buffelsdrift Game Lodge 南非

石头只是石头，我爱的是它泥土的本质

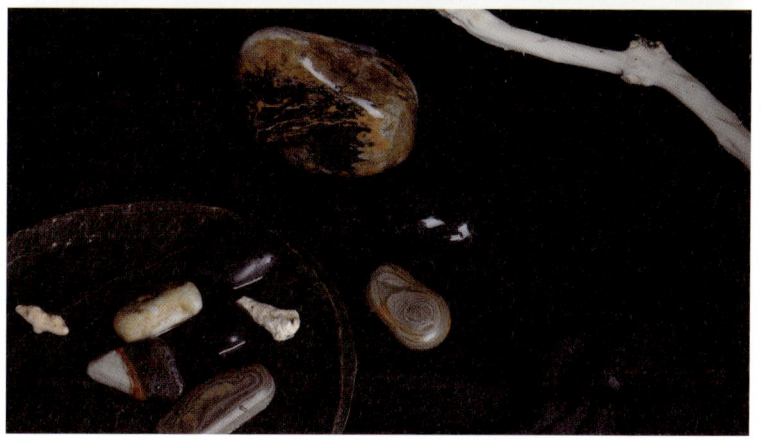

崂山沙滩上的水墨画

说到崂山的石头还要提一下老万，是他带我们深入腹地真正的成为捡石头的一份子，在这之前，老万已经是一位资深捡一族，而且不单纯是捡石头，木头、植物、动物都涵盖，有幸去他青岛的家里几次，基本走的时候都会给塞上一两块石头或者葫芦什么的，这真是让人满心欢喜。有一次老万还帮忙给我处理了一批石头，熬煮过后上了石蜡，顿时颜色滋润又可人。

其中有一片沙滩在海里的一个小岛上，和陆地有一点点联系，可以开车上去，停下车后我们都背上老万准备好的绿色电工包，厚帆布做的，开始还有些玩笑万大哥真是会找工具，等到我们装上石头后才发现这都是经验之人的选择，小石头的分量可不轻哦！

每一颗石头里都住着一个灵魂。乐意这么单纯地存在，晒晒太阳，与浪花嬉戏，有最美的星空相伴。直到有一天遇到一双温暖的手，捡石头的日子就这么快乐。

精神給養

等待着你，等待你慢慢靠近我

撰文｜徐家浩　摄影｜杨纯　设计｜杨萍

le 16 juin prochain,
dans 165 jours,
je me suiciderai.。
Paloma！Paloma, tu es où？
Ce n'est pas parce que je projette de
mourir que je dois me laisser moisir。
comme un légume avarié，
Ce qui est important。
ce n'est pas de mourir,
ni à quel age on meurt,
C'est ce qu'on est en train de faire.
à ce moment précis,
Dans Taniguchi。
les héros meurent en escaladant
l'Everest。
Et mon Everest à moi,
c'est de faire un film.
Un film qui montre pourquoi
la vie est absurde.
La vie des autres，et la mienne.

今年6月16日，
165天后，
我就会自我了断。
芭洛玛你在哪?
我不会因为决定要自杀
就任凭自己像根烂青菜腐烂败坏。
重要的不是死亡，
也不是几岁死。
而是死亡的这一刻，
你在做什么。
在谷口的漫画里
主人翁死于攀爬圣母峰。
我的圣母峰，
则是拍部电影。
拍一部生命为何如此荒谬的电影。
别人的生命，还有我的生命。

《刺猬的优雅》主人公芭洛玛在选择死亡之前，用这种方式诠释她眼中的生命。

儿时的自己，也曾懵懂思索过生命，幻想过未来，梦想自己在瞬间长大，然后成为盼望中的模样。也曾像芭洛玛一样，决定用一部小说或是一部电影去记录身边的人和事，阐述我所认为的生命的本质，然后找个无人打扰的地方继续自己的一生。

诚然，芭洛玛比那时的我聪明深刻，她用11岁的眼睛洞察到了她的一生，而这些是她的长辈所不能理解的人生真谛，这个在家人看来得了自闭症的孩子活在自己的世界里，关于生命，她有自己的理解，她认为身边的人像金鱼一样被控制在鱼缸里，看似自由游弋，实则被限定，她想跳出鱼缸，主导自己的命运，就算不能如愿，也要在12岁生日到来那天，拍一部生命为何如此荒诞的电影，然后再自我了断。

曾经11岁的我，无法像芭洛玛那样，给生命一个定义，关于活着的意义，我无从考究，只是隐约觉得，或许，我应该先长大，然后随心所欲地坚持自己的东西，哪怕是世俗之外的不被接受。

看似漫长的童年在等待和期盼中悄然走过，长大了，自己并没有成为期望中的模样。于是，也缅怀起童年来了，思念那时可以漫不经心度过的时光，埋怨时间走的远比想象的还要急还要快，来不及转身，青葱岁月已恍然离开。而遥想的光芒，也在生活的打磨下，黯淡了许多，不敢再次轻易规划安排，但仍坚持盼望等待，只不过，等待更长了一些，孤独也增了不少。

有时想，人生来或许就是孤独的，因为难以寻觅到一个真正投缘的人，于是，学会习惯伪装，伪装成满身带刺的刺猬，不让任何人靠近，不管是独享这份孤独还是恐惧这份孤独，总之，就是想找一个隐匿的角落，将自己藏起来，静静去过一种不被打扰的生活，直到遇到也和自己一样有着同样想法的人……

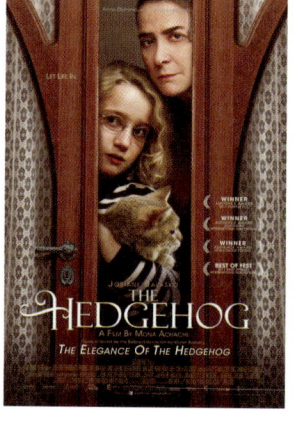

《刺猬的优雅》

"荷妮,你死前那刻在做什么呢?"

"你准备好要爱了……"

也许,我们曾经相信,生命中,有一个人一直在那里等待。

于是,无论如何的颠沛流离,历经苦难,一如淡定从容,一切为了寻找他,等待他。

该如何定义生命的价值呢,但愿每个人的未来与自己的期许相当。

生命或许不是那么荒诞,每个人,都在等候那个人的出现,在某一天,他一眼就可以将你认出,你无需刻意打扮,只需一个转身。

在等待这天来临前的每一天,时刻准备好去爱……

你想要的，
岁月都会给你

撰文｜徐家浩　　设计｜杨萍

这不是典型的爱情故事，
但是每个地方都有爱和温情的存在，
我们彼此，深深相爱。

《与玛格丽特共度的午后》

有些影片，喜欢反复看，有些，只适合一遍。

一遍过后的感觉，是最初的喜欢，没有反复地琢磨，没有别人的意见，没有对演员背景的了解，也没有比之前更深刻的感觉。就只是喜欢。

《与玛格丽特共度的午后》，我只看过一遍。大约两年前。不能说在记忆里保存了完整的剧情，但很窃喜完整保留了看后的心情，与欧洲小镇午后的公园。

那里坐着一位如小鹿般优雅睿智的老太太，还有把格子衬衫扎在牛仔裤腰带里表情认真的大肚子热尔曼。十九只鸽子在无惧无忧地觅食，每一只都有名字，嘘，不要惊扰了鸽子，不要惊扰了午后的美妙时间。

一个偶然的机会，我遇见了你。

阳光透过枝繁叶茂的梧桐树星星点点地洒在地上，时来的柔风，让人觉得玛格丽特身上那件粉紫色的毛线外套，格外柔软。她跟他说话，谈论的是鸽子。故事，就这么开始。温暖的情愫在一帧帧温馨的画面中滋生蔓延，一切都那么自然，不紧不慢的节奏，异常契合冬日下午观影时的心理曲线，心头变得熨帖，柔软。

我想很多人和我一样，相比于自己的生活，更容易从电影中、书中、别人的故事中，获得温暖和满足。尽管那人、那事、那物和我们毫不相干。有些是从中看到了自己的影子，还有一些，仅仅是从中看到了自己想要的情感——原来它们真实存在，只是自己还未遇见。

故事很温柔，人生很寂寞，然而，我们彼此深深相爱。

法国人的浪漫是一种从骨子里散发出的气息，是一种让生命变得更美好的勇气，就像影片最后的那句——"在关于爱的故事中，不只有爱情，然而，我们深深相爱"。

这是最美好的爱意。

当热尔曼遇到玛格丽特的时候，一个是垂暮的老人，一个是在别人眼里最无足轻重的路人，这样的两个人，彼此不设防，有着最简单最直接的沟通，他们坐在一起阅读，一天一天，不再孤单。

玛格丽特有不得不面对的现实，热尔曼通过字典越发看到自己的缺陷，但，正如一本书里写的那样："纵然失去的东西无法完全回来，纵然得到的瞬间一切就已成为记忆，但幸福是会重生的，她会改变模样，悄然来到寻求她的人们的身边。"

如果老的时候，也能有个人陪在身边，你对他的随意，不是对子女亲情的束缚，不是对伴侣婚姻的绑架，不是对任何人义务上的讨伐，那么自然，那么零负担。彼此不是对方的财产继承人，不是有血缘关系的亲人，也不是磕绊一生的伴侣，但，就是那么深刻的想要在一起。那时我们都老了，没有那么多动作和语言来表达爱，有时候静静站在身边，就是温暖了。能够这样的老去，便能打败对老去的恐惧。

这是一个童话，童话的主人翁是个95岁的小老太太，而观众如你我，年龄应该都不会超过玛格丽特，所以，踏实一些，不要着急，你想要的，岁月都会给你。

私語

岁月和花儿一样美

写给亲爱的鱼

撰文 | 天柱山庄　摄影 | 刘楠　王涛　沙金　设计 | 杨萍

又一年渐渐远了，新的一年渐渐近了，所有的喜庆似乎都喜欢在这样的季节里铺天盖地而来。这样的午后，阳光休息了，而我在以一颗极其虔诚的心为一把甚是喜爱的紫砂壶开壶。这把壶寄托着我一份非常美好的理想，当我用上极好的凤凰单枞，煮开这把壶时，顷刻间满屋兰香令人心醉……

这样的时光极尽美好，值得纪念和回忆，于是我打开微信，这时候又一个令我为之欢呼和高兴的消息来了：亲爱的鱼，精心经营的原创服装，卢旺达的鱼已入选淘宝腔调年度盘点排行榜榜单中"中国元素原创女装"第一名。在近四万家的原创店铺中得此第一，很不容易，很让人感动和高兴地不知道说什么好，但得知这个消息的那一个瞬间，我好像十分平静，我觉得这种荣誉给了鱼衣那是一件再正常不过的事情，如果给了别人似乎太说不过去。于是我真切的高兴着，为鱼的高兴从心底里涌上来的那一刻起至今都没法散去。

而我是谁呢，我只是一个鱼衣的热爱者，自从我第一眼在淘宝上遇见这家店的时候，我就开始那漫长的热爱，那时这家店铺叫"看得见风景的房间"，那时她似乎还刚刚在淘宝起步，而她是那样的美，那份素雅和淡定刹那间就把时光禅定了，就把心境点亮了，犹如那一缕带着清辉的月光，让你遇见之后再难忘记。于是，我开始相信淘宝也有好东西，开始在淘宝里挑选我心爱的物件。我把这"卢旺达的鱼"置顶在我收藏的店铺里，在许多的时光里，经常进去逛逛，在这时光的来去之间，我看见鱼窝越来越美，鱼衣越来越精致，而鱼那一份"清水出芙蓉"的韵致和淡雅，多年以来未曾离去，亦未曾改变。于是我相信了这是一个内心极尽美好的女子，用一颗对中国传统服饰的虔诚和热爱之心，打造了一份现代和古典完美结合的随性婉约。

私语　　　岁月和花儿一样美

多么美好的鱼衣，又是怎样难忘的时光啊，而这些，都见证了我心爱的鱼衣有着多么精良的质地和精细的手工。

当我看着一件件美丽的鱼衣被她设计出来，并取上美丽的名字如："静处光阴"、"生活与诗歌"、"尘埃里静静绽放"、"呼吸般轻盈"……当我看着一首首的诗歌从她的思绪里流淌出来，日以继夜的陪伴着她的鱼衣们。我发现这是一个多么有心，又是一个多么用心的女子啊，她已经不仅仅是一个服装设计者，她更是一个温婉时光和美好生活的设计者。

记得鱼曾说：她设计的旗袍上那些雅致的扣子是她走遍大江南北，搜寻旧衣物，细细学习和琢磨才有了这些扣子的极致美好。她的这份用心令我感动，多年以来我只买过一件鱼衣，这件鱼衣我就穿过一次，但是那份经历却是怎样的今生难忘啊：我穿一件精致的蕾丝旗袍和一批摄影爱好者们去采风，原以为只是去风景怡人处走走而已，可结果呢却是翻山涉水历尽艰辛。同行的朋友有的一身运动行头打扮，还伤痕累累地回来，可是我穿着鱼衣，穿行过密林，爬行过高山，趟过小溪，观看过瀑布归来后，珍爱的鱼衣依然一丝未损，还陪伴着我徜徉在茶园间，欢喜在茶香里……多么美好的鱼衣，又是怎样难忘的时光啊，而这些都见证了我心爱的鱼衣有着多么精良的质地和精细的手工。

岁月悠悠地过了，鱼衣也悄然走过了十年的光阴，这样的十年，有着多少美好的情怀被倾注在鱼衣里，又有着多少如花的情愫散落在鱼窝里？我想：许多付出和用心即使从不问起，时光也已将她铭记，铭记在每一段如花儿一般美好的岁月里，微风经过，暗香浮动，令人经久难忘！

little girl

私语 衣物

little girl

衣物

几乎一年四季都穿长裙，卢旺达的鱼做的长裙。张雨生有首歌叫《一天到晚游泳的鱼》，这就是长裙的状态。行走时自在轻盈，无拘无碍。上下楼梯需轻提裙裾，敛声静气，连心情都变得优雅起来。天气暖和的日子，任裙摆轻轻滑过裸露的脚踝，回到无忧无虑的少年时光。寒冬腊月，夹棉的长裙很有包裹感，足够温暖妥帖，让自己像含苞的花朵，等待在阳光下绽放。

撰文｜胡建君
摄影｜王涛　聂羽
设计｜杨萍

私语　　衣物

最爱棉麻质地的衣物，尤喜厚实有质感的那种，或粗砺或细腻，都是一种布衣蔬食的平淡，一种可以把握的美好，再美都落地于人世间。也有几条丝绸的长裙，如果说棉麻接近于大地、树木或者风，丝绸就更近于水，它冰凉、细致、优柔，如同逝水年华。而蚕的结茧吐丝，本身犹如女性一生的暗示。张爱玲说过，再没有心肝的女子，说起她"去年那件织锦缎夹袍"的时候，也是一往情深的。记得考研时我就穿着一件织锦缎的改良中装，住对门的考生一直以为我是台北人，可见面料和款式是有语言和气质的。也喜欢香云纱，夏天贴身穿着干净滑爽，冬天制成小棉袄或棉裙，另有一种低调的奢华。面料的暗花在阳光下隐现，如同心情流露在字里行间。一匹白色坯绸要经过三四十遍薯莨汁液的浸染、数度河底淤泥的涂封、七天烈日的曝晒，才能最后成型。香云纱历经水、土、木、火的考验，最后用剪子裁开、制作，因而暗藏了五行和玄机。有时简简单单的一件衣服，却不是人人能够驾驭的。衣物也同样能改变人的样貌心情，如同水倒进杯子，暂时成了杯子的形状。

我喜欢的服装颜色偏灰色调，比如蓝灰，一直觉得这是一种有气质的色调，蕴藉、内敛、不温不火。可以适当用首饰、围巾或打底衫下摆、袖口等提色，张恨水似乎很懂这一套，他喜欢一个女人清清爽爽穿件蓝布罩衫，于罩衫下微微露出红绸旗袍，天真老实之中带点诱感。也喜欢诗词中关于服饰色彩与动态的描写，比如英雄人物总要配上"红巾翠袖"，显得美人如玉剑如虹。那句"记得绿萝裙，处处怜芳草"，读来便心底柔软。而"青衫磊落险峰行"或"独抱绿绮琴，夜行青山间"，呈现的是一种剑胆琴心

的孤独。那"揉蓝衫子杏黄裙"或李白那句"行酒石榴裙",又有着旖旎的风情。还有"裙拖湘江六幅水,髻挽巫山一段云",在纯净的蓝绿调子与青山白云之间,更有一种慵懒的神仙意态,非常女性。

每个人对服装或配饰都有自己的经验与偏好。徐志摩在给陆小曼的信中,表示对西服的排斥,觉得脖子、腰、脚全上了镣铐,行动感到拘束。而我见过他穿西服的相片,干净飒爽,穿长衫反倒显得绵了。中医大家张建明是喜欢西服的,他说为什么中医一定是中装形象呢。他穿着质地考究的西服,全身心地双手把脉,西服的那点拘束,与他严重以肃的凝神状态,恰恰是匹配的。帽子或围巾等配得好可以给服装加分。男人戴帽子好看的不多,一般脸和脖子稍瘦、身材高大的戴了才有型。我爸爸算一个,他喜欢皮质的黑色贝雷帽,与皮衣、棉麻外套或毛衣都相得益彰。画家张桂铭有很多品质精良的带沿帽子,大概有他老家绍兴毡帽的影子和情结,张先生戴帽子很优雅。

雕塑大家潘鹤则喜欢白色鸭舌帽。年前我去广州访谈,潘先生从帽子、外套到鞋子,一律白色,很难想象这是一直与泥巴打交道的人。他和表妹有一段旷世恋情,半个世纪之后,二人于北美重逢,潘先生一身白衫白裤,风流倜傥,久违的表妹依然风华绝代。岁月静好。国仪老师常年佩一条花色真丝围巾,后来知道那是有故事的,围巾上有着伊人的心痕手泽,还有历久弥新的记忆。中行老师说过"任是蓬山无去处,也应携手共沧桑"。即便流年有那么多的伤痛和遗憾,也永远相信爱情。爱情和衣物,充满了未知的情愫,都不仅仅能用新旧来衡量的。

私语 粉彩

粉彩

撰文 | 王羲之　摄影 | 马克菲林摄影工作室　设计 | 杨萍

little girl　110

梅雨霁，暑风和，高柳乱蝉多。溽景熏天，炎光折地，热不能耐。唯有早晚，有景有情，让人欢喜释怀。清早，溽露飞甘，舒云结彩，清澈蓝的天和纯粹白的云，极美。及至傍晚，徂暑彤彤，林梢簇红霞，户牖深青霭，荷塘的香气和远寺的钟声。

渐次后，池月东升，星子、虫鸣，清露和微声，都是极美的。

比如，在这样一个有着微微风的黄昏，着一身粉色的衣裳，慢慢地走在园子里，夕阳正好，芭蕉也温柔，遇见一颗倚在墙头的木槿，花开正好。

桃色的槿，如若那点了丹蔻的青衣，娇嗔痴怨，轻移莲步，水袖一拂，这空气里便是暗香渺渺，刹那间的一眼，只一眼，心底掠过微微的感动，曾经那些温暖的日子，轻轻地落在了枝头。

这一个春夏季，鱼家的衫，从"梦幻之旅""无暇之路""岁月的童话"到"约会美丽都"，粉白细红，缬晕点霞，如尘，如烟，如在花间，如一夕清梦。

她是甘心沉溺，沉溺这种温柔，云一般婀娜的柔。粉色的柔，飘渺的，勾魂，恍惚有盛世的阔寂安静。想起前日说起的薛涛笺，想来也是这样的颜色，花间词，芙蓉面。想起二十四里香不断，与浣花笺纸桃花色。于是也想姹紫嫣红，也想铜绿残云。

粉彩，总是勾人绮念。

"长记初开日，逞妖丽，如与人面争媚。过韶光一瞬，便成流水。对此日叹浮华，惜芳菲，易成憔悴。留无计。惟有花边尽醉"。够古旧，够精致。醉在当下，醉里谁扶满身花？醉了就醒不过来似的。随了醉里面去，倾听内心的欢喜与慌张，窸窸窣窣的念想在时光里面飞舞。幽梦谁边，和暮光暗流转。

应是绿肥红瘦。繁华枝头，怀着决绝，绚烂过了头，转眼，便有了沧桑。花自解语，只恐深夜花睡去，一睡百年，花隔人远天涯近。一个天涯，四百年的梦，杜丽娘的粉衣，也曾在浩荡的春风里荡漾，落花流水，千年的风致骨头，即使身去，依然艳惊全场。

似这等花花草草由人恋，生生死死随人愿，便酸酸楚楚无人怨。

我见犹怜。她的痴与怨，媚与娇，姹紫嫣红开遍，都这般付与，断尽颓垣。她只知，你是春闺梦里人。一花障目，万叶穿心。都只为心甘情愿。

粉墨登场，红尘滚滚，都是痴客。戏里的一个段子，人间的一场悲欢，想起的时候，是几百年前的旧光阴，悱恻轻怨脉脉长风，杜丽娘只有一个，谁许了谁地荒天老？

这样的场景，飘忽，迷离，芬芳而忧伤。昔作芙蓉花，今为断肠草。风过浮世，众生相戚，草木与人，自古同命，我们都没有能力去挽留的。

一朵离枝的木槿也好，一朵正自弄色的芙蓉也好，它们和我内心想象的那一朵都一样，为着这一季的绽放，倾尽所有。生活的种种，会在光阴里慢慢沉淀。所幸，还会有一些温柔的颜色，让我们的心，微微一动。

我们同样会在光影里老去，我们也一样会在光阴里微微一笑。

这样想着走远的时候，分明也带走了三分花魂。在夕阳里，若隐若现。

盘扣

撰文 | 以沫　摄影 | 王涛　设计 | 杨萍

细长的手工盘扣，精致优雅。每一处缝合的线脚，都是那么细腻服帖。对着门襟，系上扣坨，那一念间，内心有无法言说的喜爱。她的美好，在我眼里从来都不会褪色。宛如一种怀旧的情绪，是夜凉如水的庭院，斟满月光的空盏，以及落于青布衫上的小朵桂花。

年幼时跟着奶奶学做盘扣，细细的布条，用引线反转过来，先要剪成一样的长短，像是一根根彩色的灯芯。奶奶把其中一半娴熟的绕成结实的扣坨，另一半是要缝成扣袢的。我总是喜滋滋地候在边上，把做好的盘扣一对对的收进纸盒里，仿佛收来的是喜庆和圆满。

奶奶说过：心情好的时候，做出来的手工才好看。屋里靠南窗的四仙桌，铺上一条灰色的旧绒毯，就成了她临时的工作台了。太阳光暖暖的晒进来，照着木尺，照着划粉，照着那些好看的布料。角落里还有台半导体，声音调得很轻，常常播放着奶奶喜欢听的越剧。

屋里的陈设我仍然清晰的记着。想起老式家具上雕刻着的镂空花纹。想起桌边墨绿丝绒的沙发套里，有一个被香烟烫坏的小洞洞。想起养在花瓶里的银柳，被我悄悄剥去花苞上没有脱落的外壳。想起奶奶剪裁衣服用的纸样，大多被我用笔写了杂乱的数字和字母。

有时候，想念极了，想念那些回不来的旧时光。它见证过一个女童的成长，那是一条微弱而明确的线索，让我捕捉到一些构成自我的由来。我的喜好，我心底里的依恋。在未曾遗忘的记忆里，我是在和自己相认，虽没有未来可迎，没有过往可恋。却也有些醉意。

成年后，奶奶帮我做过一件旗袍，选的是墨绿花纹的香云纱，侧胸镶了绡。微微地透，却很含蓄。我仍然记得镜前试穿时，清澈的眼里有着太多的惊喜。立领，斜襟，精巧的盘扣。旗袍做得略略宽松，却衬出了修长的身段。那是我最喜欢的衣裳，珍藏了很多年。

旗袍能穿的场合很少，穿上却舍不得脱了。当成宝贝的衣裳，都是亲手洗晒了，然后仔细叠放在盒子里，从不肯和其他衣物一起挂在衣橱里，生怕挤着压着，落了尘灰。不穿的时候，打开盒子，拿出来看看也是好的。那是曾经藏在我心里的礼物，后来又成了念想。

可是这般共存，时不长久。没有什么能经得起时光的挑剔，到后来留在身边的旧物只会越来越少。偶尔回想起这件旗袍，仍然会念着它最初的美好，仿佛还在眼前，却再也触摸不到了。我心里惋惜的不是一件旧衣裳，而是奶奶的手工。好在我传承了她的喜好……

她的美好,在我眼里从来都不会褪色。宛如一种怀旧的情绪,是夜凉如水的庭院,斟满月光的空盏,以及落于青布衫上的小朵桂花。

你看他们并不需要你，他们拥有了
忍耐、诚实、希望和爱。

黄磊作品